不是看手機的時候——小魚腥草和不思芭娜

吉本芭娜娜——著

劉子倩——譯

目次

瑣碎小事

邂逅與發現

種種祕訣

瑣碎小事

御宅族萬歲&生存必要的是什麼

◎今日小語

像東京動漫展會場那麼巨大的場地內，擠滿無數熱愛日本動漫的年輕人，他們重視日本的動漫，或者靠著動漫作品度過青春時光，如果光是這樣想像，只會好奇「原來西班牙也有人喜歡那種東西啊」，但是親眼看到幾萬人耐心排隊數小時的熱情，還是非常開心。

我找扮裝成魚乾妹小埋的女孩合照，她叫我等一下，先從包裡取出可樂和魚乾妹小埋愛吃的洋芋片；漫畫風格非常獨特的伊藤潤二老師的攤位上，有許多人興奮排隊等待簽名；現場還有幾百隻皮卡丘，幾百個魯夫，讓我覺得

我就以這副德性被刊登在西班牙的報紙上……

非常驕傲也非常高興。

漫畫家（我所知道的頂多只有我姊和櫻桃子、羽海野千花、內田春菊這幾人的日常生活，但已足夠讓我想像其他漫畫家想必也很辛苦），一邊從事那麼辛苦的作業還要思考精彩的故事情節，奉獻自己的大半時間，甚至連身體都搞壞了，每天如此辛苦地展現他們的偉大才華，可是讀者一眨眼就把漫畫看完。

我覺得這份工作的效率未免太差了。

但是，他們的漫畫會長留人心，成為心中永遠的朋友。

我總在想，我永遠比不上漫畫家。

所以，看到這些漫畫家在國外受到肯定，我真的開心又驕傲，很想挺起胸膛說日本的漫畫世界第一。雖然並不是我自己畫的！

魚乾妹小埋！

◎小魚腥草
關於生活

歐洲的夜晚很黑。

黑得伸手不見五指，真虧大家在如此黑暗中基本上還能安全走路。

石板路異常冰冷，崎嶇不平。

沒走幾步路就腳底疼，很容易累。

可是，我每次還是很想永無止境地四處徘徊，恨不得溶入街角錯綜複雜的巷道。

看到黑暗中朦朧浮現點點橘光的夜景，不由得感到親切。

黑暗的街角有著燈火輝煌熱鬧的居酒屋，屋內的溫馨活力讓我開心起來。

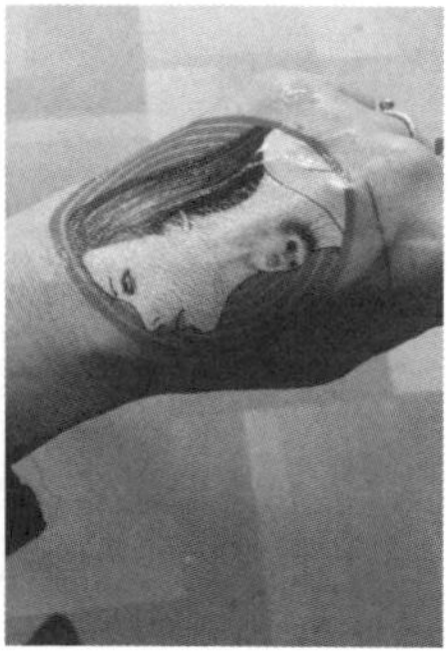

我超愛伊藤老師！

假日有許多人出門只為了在街上閒逛。
大家似乎不買東西也開心，讓我想起，啊呀，假日原來如此快活。
不只是為了消除疲勞，也不是為了盡情活動讓自己嗨起來，更非花錢發洩。
不是陰鬱地帶著明日的痛苦度過假日，許多人的臉上寫著「就是現在！就是當下！放假真開心！」。

每天工作，生活並不輕鬆。
這樣的每一天，必須有「便宜新鮮又好吃的食物」才活得下去。
就像西班牙的小吃塔帕斯（tapas）。
雖然便宜卻很搭油炸物的葡萄酒或啤酒。
被稱為俄式沙拉的馬鈴薯沙拉（放了鮪魚，拌上美乃滋，馬鈴薯煮至半透明，有洋蔥和胡蘿蔔，但是沒有小黃瓜），比較不高級的生火腿邊角肉（但已足夠美味），把多香果（pimento）這種青辣椒迅速油炸後簡單撒點鹽巴，還有西班牙烤麵包片pan con tomate（切塊烤過的法國長棍麵包抹上蒜泥和番茄糊，再淋上新鮮的橄欖油，灑點鹽巴，令人百吃不厭）……諸如此類。

早年日本也有這種東西。

豬肉燉豆腐，小黃瓜沾味噌，沒什麼料的茶碗蒸，烤油豆腐，燙青菜，韭菜炒蛋。

食材便宜新鮮，做法簡單，有每個人從小熟悉的家庭味道，彷彿看得見每間店的廚師風貌。

上次去山形縣，酒吧的阿婆級媽媽桑在切塊起司撒上大量調味鹽端出來，雖然簡單，但經過某人親手處理，就覺得有點窩心。

我去過很多國家所以敢斷言。除非正處於戰亂或軍事政權統治下的極端狀態，否則「用不著從早工作到晚」，「只要認真做好自己能做的」，「人們有權一年休假兩週以上」，「遲到的日子如果能夠延後下班把工作做完，隔天早上遲到也沒關係。起碼得允許這樣的變通」，就算有點吃力也能租屋或購屋過生活，擁有伴侶，也有孩子。

這是理所當然的生活。

這就是人類的生活。

做不到這些的國家才有問題。人生在世，並不是為了一輩子只過著賣命工作也無法滿足的生活。

就算出了什麼事受到傷害暫時休息或怠惰，只要精神恢復了就又會想為人工作，這就是人，所以還是過著能有這種心情的生活比較好。

如果身在做不到那點的國家，至少得改變自己。

每天辛辛苦苦過日子，在明日未卜的生活中唯一的希望或期待，就是與自己所愛的人們一同歡笑，享受便宜且用心製作的美食。

我想，那就是勞動者的喜悅。

明天會如何誰也不知道。至少今天可以和這些人共度美好時光，不用花太多錢也能吃到美食，喝到美酒，在雖然破舊卻是自己心愛的家中安眠。

如果自己出了什麼事，這些人雖然能力有限，應該會盡量幫助自己和自己的孩子吧，就這麼簡單。

如今已漸漸做不到這點，甚至令人無限憂心。

房租上漲，個人經營的小店無法生存。如果不是地主或有贊助者，連餐飲店都開不下去。

或廉價或難吃或過期的可悲食物，昂貴又難吃的食物也能成為流行趨勢的世界才有的餐廳，因為不快樂所以只憑著自尊懨懨工作的員工毫無誠意的服務（機器人想必都比他們更能幹、更貼心），無法與動物同住的出租公寓。

人們被迫不斷貸款買下汽車和房子讓賣方發財。

單身者變得越發孤單。

被剝奪力氣，前途未卜。

對一切失去感覺，好像心也死了就沒事了。

貧瘠的人生毫無喜悅。

我希望自己堅持活下去。我想從自己開始做起。當周遭的人看到某人過著難以形容

青辣椒

的豐富生活時，也會跟著受到影響。

大家會開始想要自己發揮本領，不再依賴他人。

用廉價劣油炸的不新鮮的肉，就算吃再多也不會飽。喜歡的人親手撒上調味鹽的起司塊，至少還能給心靈帶來養分。邀朋友來家裡，煮沒有肉的蔬菜鍋（這年頭蔬菜貴，就用白菜和白蘿蔔增加分量），自己調製芝麻醬或橘醋醬一起吃，最後用湯底煮稀飯，再打個蛋花，喝幾瓶便宜的啤酒，這樣更能飽腹。

不可思議啊，人類真是不可思議。

人就是這樣形成的，非常之可愛。

◎不思芭娜

「不思芭娜」是獵捕不可思議現象的獵人芭娜子的簡稱。

捕捉每天覺得不可思議的事與感動的事加以觀察，從自己的角度思考。

如果是我本人寫出來會有所不便，但若是我的分身的想法應該就沒問題。

就像村上龍老師有山崎，我有「芭娜子」。

就像森博嗣老師有水柿助教授，我有「有限公司吉本芭娜娜事務所總經理芭娜子」。

就像村上春樹老師有深繪里，我有「芭娜繪里」（這句是瞎扯）！

神奇寶貝特別版

我到了活動現場才知道，和藤子不二雄一樣，神奇寶貝的漫畫也是分別有作畫者及故事原創者。我家小孩很少玩神奇寶貝，所以我也不知詳情。

而且兩位作者都是好得驚人的大好人。

高第與夜

我是個宅女，學生時代參加過御宅族[1]的社團活動，所以周遭也都是宅男宅女，兩位作者的說話方式和我當時的同學太相似，讓我心頭一熱。

他們兩位認真談起前一天的演講。

「現場有小朋友問起皮卡丘誕生的瞬間，但是關於神奇寶貝的創立本身，就算我們詳細說明對方恐怕也聽不懂，如果說不是我們生的好像也不對，所以從昨天就一直在思考，有沒有什麼更好的回答方式。」

我覺得已經很久沒接觸到這種類型的誠實與認真了。

若用一般成年人的腦袋思考，應該是「趕搭神奇寶貝電玩的順風車順便推銷漫畫，純粹只是個商業企劃案」，但他們不是那樣。他們是真的很真摯地創作漫畫。要打動孩子們，果然不能玩假的。

伊藤潤二老師的漫畫作品雖然那麼恐怖，本人卻非常帥氣溫柔，馬上就要出席簽名會，還不忘連我姊的份都一起幫我簽名。

我在伊藤潤二老師的人形立板前拍照時，他的粉絲立刻說「有人在拍照，我們讓個位子」，主動調整隊伍讓出地方給我。

人無論如何成長都離不開「出身地」。
我的出身原鄉是「動畫」、「恐怖片」、「漫畫」、「御宅族」。
果然不是文學！
為什麼以前都沒發現這點呢！
要是早點發現就好了！
難怪在柴田元幸老師（我的文學絕對基準）面前，我就會像偷懶摸魚的學生一樣心虛！
……我就這樣活蹦亂跳地混跡在那個御宅族世界，一邊暗想。
永別了諾貝爾文學獎，永別了文壇（那還不至於吧！）。
我自有我的江湖（笑）。

航海王電影《GOLD》的導演也去了當地，因此我在回程的飛機上特地看了那部電影，看到魯夫一如既往發揮超級霹靂的威力拯救夥伴時，因為已猜透劇情發展就不小心睡著了，醒來又倒回去看，然後又睡著，醒來又……這麼一再循環。

然後我想起每次都在想的一件事。

那個漫畫的重點不只在於有很多細腰巨乳的美女出現，也不只是因為海盜與自由很浪漫。其實在於「敵人永遠比想像中更殘忍更可怕」，以及「魯夫對此什麼也不想，只是瞬間做出反射性動作的模樣極具特徵性」。

日下氏與山本氏←這是御宅族口吻的稱呼方式（笑）

1 御宅族：一九七〇年代在日本誕生的稱呼，專指動漫、女偶像、電玩、模型等流行文化愛好者。

街頭洋溢的小奇蹟

◎今日小語

草裙舞教室附近有間知名的居酒屋[2*]。

不管怎麼想顯然都是一家人的店員，穿著店裡的T恤忙碌工作。

這間店不只受到附近居民「喜愛」，甚至被重視得如同世界遺產。

就像上次我在電子雜誌裡提到的那種居酒屋，便宜，美味，東西應有盡有。

雖然醉鬼很多，廁所也很髒，但我完全不在意。因為很美味。生魚片也新鮮。

發現這間店的，是超級酒鬼 Uilani 前輩，只要是此人說

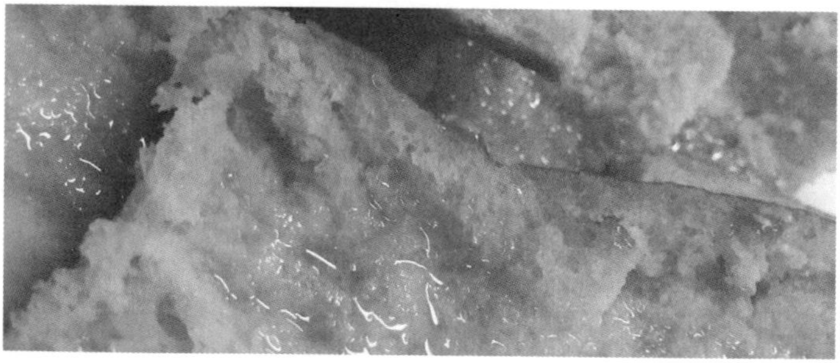

加泰隆尼亞地區的前菜，西班牙烤麵包片。超好吃～

好的絕對不會錯，這點已在我的草裙舞姊妹之間傳遍，所以在這個「OMIYAMA」[3*]（我取名的店）喝一杯再回家，是跳完草裙舞之後的黃金節目。

很少喝酒的我在這店裡對男店員說：「我現在不太能喝酒，所以只給我 Hoppy 裡的碳酸飲料就好。」男店員對我這種不叫酒且怪異的要求（Hoppy 本來就是碳酸飲料加燒酒兌成的）並未生氣，反倒認真地替我設想：「嗯～不過，那種碳酸飲料說不定也可能含有一點點酒精喔。」

我深深感到，這間店真好。

來這裡，接觸到這種不遠不近卻很用心的服務態度。店員當然也有心情好的日子與不好的日子，我自己當然也是，但這裡永遠都在，讓大家可以安心走路的這種感覺，我認為對於自己和街區建立關係是最好不過的。

這附近還有我在《搖曳的船橋》（ふなふな船橋）這本小說默默將主角設定成書店店長的原型書店「SPBS」[4*]。

對了，上次我在這裡看到堀江貴文演講，當時我兒子還是小學低年級學生，他一邊走過，一邊留下了「真想問那個人，『為什麼收據可以等同金錢』」這句名言。

◎小魚腥草
旅途之夜

長野縣的某條街。

幾乎所有的店都早早打烊，至於沒打烊的店則給人難以形容的感覺。

此地只有連鎖店，不好吃的店，好吃所以太擁擠的店，以及太過老舊已經變成住家關門大吉的店，是不可思議的城市。

但我去過許多次，已經有了感情，所以連這樣的不可思議也喜歡。

夜晚我與兒子無處可去，兩人站在路上發呆，後來一直四處徘徊尋找店家。

看來看去都是可悲的店，連去了幾家，

長野的梅子蘇打

始終沒找到麼供應餐點的地方，感覺還是不太盡興，於是最後買了泡麵回去。

是泰式酸辣湯口味的泡麵。

回到太過古老典雅的旅館房間，一看裝開水的水壺，居然是那種沒電線的暖水瓶。

這年頭這種暖水瓶已經難得一見。

用溫水沖泡的泡麵，那曖昧的滋味與麵條依然生硬的口感，還有單薄的榻榻米與乾扁的棉被觸感，想必會終生難忘。

旅館房間內沒有浴室，只有男女分開的小型露天浴池。

而且那個浴池是家庭式的小浴池。

我問：「樓下應該有男浴池吧？」兒子說烏漆墨黑的太可怕了，他寧願鎖上門用女浴池。

於是，我們母子就一起擠在寒冷黑暗又狹小的女浴池。

對了，就在短短幾年前，我們母子還一起泡過澡呢。

所以我想那種旅行肯定是最後一次了吧。

真的很不可思議。

和自家兒子這個小男生，一輩子都不可能再一起泡澡了。

以前每次把小木桶浮在浴池水面的餐廳遊戲，對著蓮蓬頭沖眼睛計算時間幫助恢復視力的舉動，也都不可能再有了。

比起落寞，達成感更強烈。

我想起以前有個有錢的男性朋友，當父親長年臥病終於過世時，他帶母親去歐洲旅行的故事。

我記得那趟旅行超過兩星期。他說行程很少觀光，只是住在高級飯店，聽母親敘述與父親的回憶，品嘗美食，隨便散散步。

有錢這個部分不是一般人能夠效法的所以姑且不談，但他能夠實現母親最大的心願，我認為很了不起。

他母親覺得觀光行程肯定累人，所以不想去，況且最疼愛的孫兒與貼心的兒媳婦現在也累了。

她只想慢慢悼念老伴，不必悲傷流淚，一點一滴地在聊天中回憶往昔就好。可是待在家裡會難過，所以最好去遠一點的地方。如果是和最不用顧忌對方臉色，又能分享對老伴那份感情的兒子一起去，那樣最好。

現在的我能夠體會。他母親肯定是這種心情。

翌晨，我在時尚的舊民宅麵包房的二樓咖啡屋，享用真的很棒的麵包與咖啡，一邊從窗口看著朋友把車停在對面停車場走路過來。

在晨光中看著少有機會見面的好友平日看不到的日常模樣，還能看到遠方氤氳晨光中的山脈，真的很幸福。

那是某個秋天的小小回憶。

後來我們母子轉往輕井澤，繼續奇妙的旅程。

投宿小飯店，用飯店贈送的票去星野溫泉，在星野度假區內春榆露臺美食街的川上庵吃蕎麥麵。和前一天的晚餐截然不同，全是剛出爐熱騰騰的菜色。我們邊吃邊不時談論這種幸運。

之後在寬闊的蜻蜓溫泉池中眺望星空，等待計程車。

春榆露臺美食街前的道路，有種冷冽的樹木與夜晚的氣息。

早餐吃的是飯店供應的純手工小型自助餐。

後來我們在輕井澤車站與從東京過來的朋友開開心心會合，還順便拜訪兒子的朋友家，也去了輕井澤 Outlet 限時一小時血拼採購。

那些都是無可取代的珍貴時光。

回想起來的是長野的藍天，澄澈的空氣。邊吵架邊埋頭走路的車站前，毫無陰影的明亮大路。

旅館乾扁的被褥睡得人腰酸背痛。

離開麵包房後，朋友開車載我們行經的鄉村道路遼闊，眼前滿目紅葉的繽紛美景。

在輕井澤還有別的朋友在車站前會合，突然不再只有我們母子倆。

旅館的古典暖水瓶

長野的青菜

旅行偶爾會讓我想起，人生多美好（哪怕晚餐吃的是溫吞的泡麵，只要有最愛的人在身旁就笑得出來）。

◎不思芭娜

太深奧！

上冊曾介紹過田園調布的「茶春」[5*]。

這家供應的臺灣料理和臺灣一樣，不，甚至更好吃，價格更親民，茶也是只花五百圓便能喝到高級茶，堪稱奇蹟之店。

尤其是經典的炒米粉和粽子，真不知是怎樣才能從這麼小的廚房以這樣的速度端出來，味道相當高水準，午間套餐的紹興酒蒸雞甚至讓人擔心「用這個價錢就能吃到真的沒問題嗎」。

我和負責掌廚的老闆女兒交談之下，她說：

「您正在喝茶或許不該這麼問，但您要不要來杯咖啡？我爸煮的咖啡很好喝喔。」

對於臺灣料理店區區兩百圓的咖啡本來不抱什麼期待的我，當下說：

「啊？是妳爸爸煮的？」

「對呀，我家之前在虎之門[6]開過咖啡店喔。是那種供應早餐的咖啡店。所以我爸為此還特地去學怎麼煮咖啡。他煮的咖啡大受好評，大家還專程來喝呢。」

我說我想喝，她就拎著水壺去二樓找她父親了。

想到九十高齡的老先生替我煮咖啡，就感覺機會珍貴，不知怎地滿懷期待地等待。我想像中是昔日傳統喫茶店那種濾滴式咖啡的風味，豆子可能是比較深度烘焙。

後來老先生拿著咖啡壺下樓來，一喝之下，真的超級讚。

「太好喝了！」

我大聲這麼一說（老先生重聽），老先生說，最開心的就是聽到客人這麼說或者要求再來一杯。

「這是用哪裡的咖啡豆？」我問。

喉頭殘留的些許香氣，令我猜想或許是淺烘焙的衣索比亞特級咖啡豆？

「我們開的不是咖啡店，所以是超市買來的便宜豆子喔。但我爸煮出來的就是好喝。不知為什麼我煮就煮不出那種味道。」

老闆的女兒淡定表示。我真的很驚訝。

或許在豆子品質上的確不比堅持品味的美國第三波潮流咖啡店用的新鮮高級咖啡

豆，但是味道幾乎毫不遜色。

比起一般追求時髦的小屁孩窮講究地吹噓學來一點皮毛的咖啡經，然後用還算高級的豆子煮出來的咖啡，這家的咖啡美味太多了。

「當時我家的店就開在虎之門大樓裡面，所以生意超好超忙的，不像現在。但是生意太忙也不行，我們會漸漸驕傲起來。」

這間店到底是何方神聖!?

關於人類豐富的可能性，今日街頭也充滿發人深思的事件。

2 *有名的居酒屋：瀧乃家，東京都澀谷區神山町四之十九，電話〇三—三四六八—七八四四。

3 *OMIYAMA：東京都澀谷區神山町十七之一第二渡邊大樓四樓B，電話〇三—六八〇四—九四三四。

4 *SPBS：東京都澀谷區神山町十七之三神山露臺一樓，電

「茶春」餐廳的炒米粉

話〇三—五四六五—〇五八八。

5 ＊茶春：東京都大田區田園調布二丁目三十四之一的一樓，電話〇三—三七二一—一二四〇。

6 虎之門：位於東京都港區，主要是辦公區。

爭議性發言較多的一篇（因為適逢年底）

◎今日小語

每到冬天，我經常想起最後一次見到健康的父親時的情景。

那天父親一直笑容滿面。

甚至可以說從未見過父親心情那麼好。

雖然不能拿來和小貓小狗相提並論，但他向來只肯讓我姊看到，卻從不肯讓分居兩地的我看到的失禁醜態，終於在一月七日讓我看到了。貓狗到了那個地步，通常就活不久了。那一刻，我暗忖，雖然不願這麼想，但訣別的日子顯然已近。

最後一次在老家見到他是十一日。當時我有點流感的

史努比美術館

跡象，父親也罹患肺炎。怎麼病魔都集合到一塊了！（笑）

翌日父親住院，再也沒有活著回家。

當時我剛罹患流感整個人精神恍惚，沒什麼好好一起度過的感覺，可是事後回想時流感已經好了，所以會覺得那是個非常鮮明幸福的夜晚。

那時父親吃著姊姊炸的樹子，一邊笑咪咪說，「樹子的大小正好適合狸貓這類小動物食用吧。」

另外他還提到：「我老爹總是說，天草（熊本縣）出過了不起的人物，老爹最尊敬那個人。」

一切都是伴隨笑容如歌行板的故事，我很高興那是我和父親共度的最後一晚。

生物捨棄肉體的過程，如果看過他健康的時候，會讓人非常悲傷。但，那就是自然的演變。

正因如此，我認為若能與家人盡情共度，到了自覺「夠了，我已經充分準備好了」的地步，或許就能毫無遺憾。

明明在一起，卻各自忙著思考不久的將來或其他事情，那種人在心不在的共度方式，我可不想和任何人一起經歷。雖然現代生活偶爾也得看一下手機，而且接下來的行程經常已排滿，但最好還是盡量避免那種情形。

我們應該專注於此刻。

身心都要有那樣的從容餘裕。

我認為比起驚人的財富或美麗，那才是無上的奢侈。

◎小魚腥草

很美

山坡上仍有紅葉。

路上落滿黃葉。不時混雜朱紅，顏色的分配美得絕妙。那是神在地上畫出的精妙速寫圖一隅。

我坐在朋友駕駛的車上。

無人的道路前方，出現牽狗的行人剪影。

「是我女兒。」

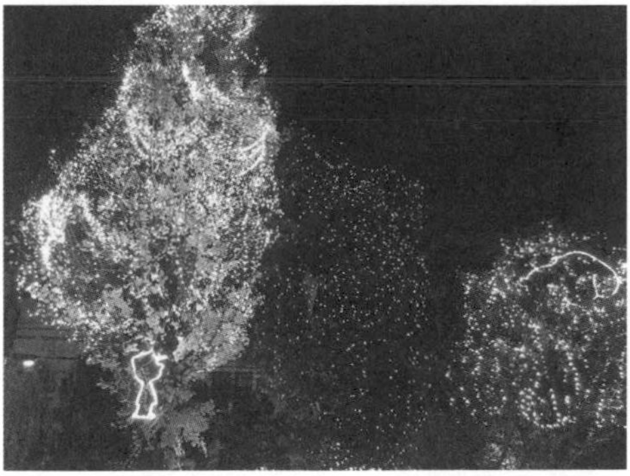

史努比美術館的燈飾

開車的他說。

我打開車窗。

她發現父親的車子，抬起頭。我說：「妳好。」

她緩緩抬頭看我，沉靜微笑。

略微抬起的雙眼和她媽媽一模一樣。站姿的輪廓則肖似爸爸。

她穿著看起來很暖和的大衣，頭戴顏色美麗的帽子，佇立原地。

這一幕美得讓人懷疑，即便在這樣的深山中也能這麼美嗎？

不，正因為在山中所以才能保有如此沉靜之美吧。

妳我或許今生無緣再會。但，我很喜歡妳的爸爸媽媽，真的很高興能夠見到妳。

……因為我喜歡的人的女兒對我而言也非常重要。和道理無關，總之就是。

我如是想。

我想她一定也感受到我這個想法了。

車子駛過她身旁，本來佇立的她也邁開步子。

寬闊的道路，冬天冷冽澄澈的美妙空氣，踽踽獨行的一人一犬。

她的表情隨著車子的動靜，緩緩從驚訝轉為笑容的美景，我想我應該畢生難忘。

那是今年看過的景物中，最沉靜，最具冥想性，略帶寂寥，真的很美的一幕。人或許就是為了設法留住那種美景，才會創作藝術吧。

◎不思芭娜異聞
人類驟變的神祕

最近老是經由身邊友人聽到可怕的故事，姑且就當作不可思議的事件記錄在此。

我也有過幾次同樣的經歷，但以下陳述不是「謊稱為友人經歷的個人體驗」。是真的從朋友那裡聽說後，覺得「原來如此，在這世上，那種女人有一定的比例存在啊！」所以才想記錄下來。

包括我自己和他人的經歷在內，這樣的例子我起碼知道十件以上，我認為就樣本資料而言算是採集得很充分，況且模式也如出

我家附近我很喜歡的大樹

一輸，所以世上或許真有這樣一群人物吧。

我對那種經驗並不生氣，也沒有希望改變她們的想法。自己敬而遠之就行了，所以也不會耿耿於懷。只是想到這種人有一定的數量存在，有點好奇罷了。

最不可思議的，就是後面也會反覆提到「做那種事情，對那個人而言完全沒有好處」。

我以為人們過生活都會盡量去做於己有益之事。可是有些事，或許明知有害還是會去做吧。

如果能控制這點就能控制人生——這麼想應該不會錯。

我講的這種人多半是大美人，尤其受到男性歡迎。

她們多半總是面帶笑容，給人的印象好得讓人驚奇怎會有這麼好的人。頭腦聰明，才華洋溢，往往十項全能。至少絕不笨拙，長袖善舞，八面玲瓏，想法實際。

而且這種人的愉快氛圍經常讓周遭的人笑口常開，所以大家都會對她敞開心扉，把她當成好人正常相處。

然而，這種人突然在某天，像發病似的開始和周遭斷絕關係。理由通常是因為對方的ＩＧ追蹤人數比自己多，或是對方模仿了自己的什麼，和自己討厭的人走太近，背著自己和自己喜歡的人私下聯絡等等。地雷因人而異，但最後一種情形最多。

那種絕交方式給人的感覺非常病態，比方說就算發訊息給她：「最近好嗎？前幾天我和某某見過面喔。」她只回覆「不認識」，或者做出絕對會讓對方感受到惡意的反應。打電話過去，她的反應也是很敷衍的「是，是，知道了，對，再見」。明明在上週還是那種「哇～最近好嗎？好想妳喔！謝謝妳特地跟我聯絡！」的人，忽然就這樣翻臉不認人。

我的朋友反應也是很驚訝：「前天明明還咯咯笑著同進同出，簡直莫名其妙！」

我想大概是同樣的感覺吧。

對那人的嫉妒超過容忍度。

人際關係的複雜程度超過容忍度。

自我厭惡，其實毫無自信。

自己的男友竟然誇獎那人。

……

可以推測出以上種種理由，但是已無法向對方確認所以無從得知真相，總之事情好像很嚴重。

因為，至少那樣對人生完全沒有好處。

任何人都有想要「徹底改變」的時候。想把自己以前做過的全盤推翻，建立全新的人際關係。

但那種時候，那種人不知為何並沒有「自然而然的疏遠」或「被邀約後，心平氣和且理由正當地回絕幾次」或「因為很忙，所以暫時無法見面」這種態度自然的選項。

比方說搬家。和之前的鄰居接觸的機會自然就會減少。本來就是如此，偏要特地告訴人家「我搬家了，所以今後沒機會見面或說話了」，還是會讓人感到病態。

這種人太不可思議，就連人生經驗豐富的芭娜子都 hold 不住這種神祕，但人的「嫉妒心」很奇妙，如果勉強壓抑想必就會產生那種情緒吧。或者也可改稱為人的「虛榮心」。

我當然也不是完全沒有過那種情緒。如果和過去喜歡的對象的現任女友接觸，也會覺得自己相形見絀卑微又窩囊，自己的女性魅力值太低，偏偏喜歡的對象太高不可攀，這種情形大概發生過一千次（笑）。

但現實生活中對別人的態度，我覺得那又是另外一回事了。

另外還有一種類似的經驗，與前者相比雖然比較微弱卻可以感受到同樣的負能量——這是我自己的體驗——就是當我推掉工作時，的確有一定比例的人「如果不講一句酸話就不甘心」。

說到工作，如果是自由業者就得自己安排行程。有時一天安排兩件工作也沒問題，也有些工作需要事先準備無法趕場，或者別人提的企劃我完全沒感覺所以無法勝任，各種情況都有。不能憑情緒去選擇。或許會用到直覺（這天好像特別忙亂所以還是多留點空閒時間吧），也會用到推測（這人好像很性急，所以或許步調合不來）。不過，至少不是靠情緒或個人好惡去選擇。可是一旦推辭了，有時對方的反應就像是我否定了他的全部人格，會講一些酸話，例如：

「吉本小姐這種地位的大牌，拒絕別人也特別快呢。」或者「這個工作對我而言很重要，真遺憾」（我這邊也已經安排了對我而言很重要的工作行程！）或者「沒想到不是被本人而是被祕書拒絕，甚至沒有給本人過目吧」（工作邀約的電子郵件我都會親自過目，但是如果人在國外時就會委託事務所代為拒絕）。或者「沒化妝的情況下不能拍照？該不會自以為是美人？」（這已經是在挑釁找碴了吧）……這種讓我很想說「又不是私人來往，還是別用這麼情緒化的字眼吧」的人還挺多的。這種反應，我也覺得對彼此今後的關係毫無益處……而且，總覺得對方並不是因為欣賞我的工作表現才上門邀約……這大概正是野口晴哉醫生所謂的「過剩的能量」所致吧。

這篇文章好像有很多人都大有同感，讓我非常忐忑。

人真的很不可思議。而且包括那種不可思議和詭異在內我都覺得很美。

這種能量過剩者的眼淚，有種讓我心疼的悲傷。

不過，我並不想活得太複雜。在這世上我最尊敬的是搞笑女藝人組合「尼神交流道」的渚那種生活方式，最尊敬的死法是狗狗的死法，所以連我自己都覺得或許真的是那樣吧。

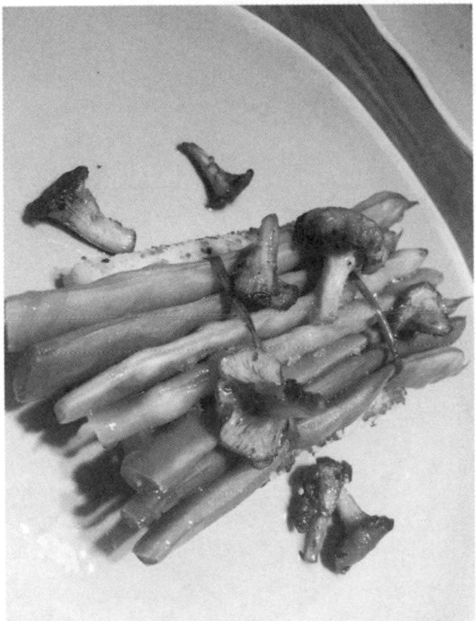

西班牙的小蕈菇和蘆筍

新年，新的可能性

◎今日小語

我超喜歡六本木的史努比美術館[7*]。

感覺就像是東京超酷的新名勝景點，周邊商品的設計也超棒，讓人興奮。

外面的裝飾也很漂亮。

看到館內那些充滿知性且畫面精彩的作品，我就特別憐惜一直住在同一條街，熱愛溜冰與棒球，愛狗也愛家人與朋友的查爾斯．舒茲先生的一生。

我與舒茲夫人在開幕酒會見面的時候。

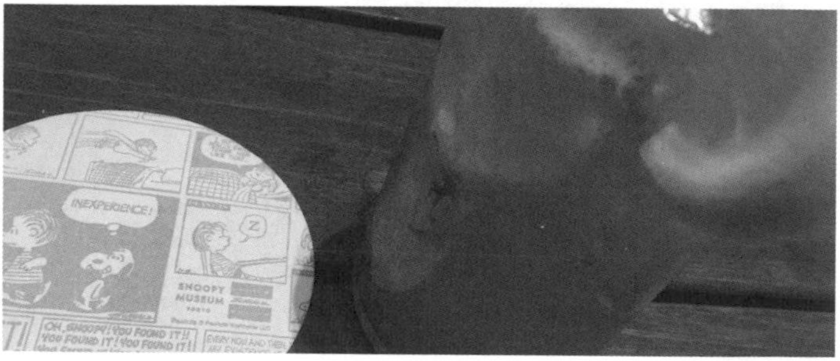

於史努比美術館的咖啡座

我說：「我寫了一些書，也有英譯本，改天寄給您。」寄了幾本過去後，沒想到舒茲夫人竟然親自寫信道謝。

雖然她年事已高，舒茲先生也早已過世，但她現在每天肯定都在寫那樣的信給全世界的某些人吧。不，想必她打從年輕時就一直這麼做。

能夠接觸到偉大天才背後的另一種偉大天才，是一大驚喜。

這間美術館很可惜，不能單獨利用咖啡店和禮品店（大概因為是期間限定的快閃美術館），日本有很多規矩都死板得嚇人。

但總之是個很棒的地方，每次去都彷彿做了一趟小旅行。換企劃時也會更換展覽作品所以很有趣。也常推出新的T恤！

說到這裡，這期正好是展出史努比用打字機寫小說的系列，我從小就覺得「史努比的文章超有品味～」。只可惜被露西打回票。

照片中我拿的包包是以前在BEAMS買的。舒茲夫人看了很開心，我也很高興。

左下角的照片是舒茲先生退休時的最後感言。每次看了還是很想哭。

舒茲先生

自選展示用的原稿

舒茲夫人

◎小魚腥草

光

有時我會想起。
第一次看邪典電影《坐立不安》（*Suspiria*）的澀谷電影院。
如今已改建成 HIKARIE 購物大樓。
老舊的電扶梯和樓梯，以及那些想必我一輩子都不會進去光顧的店家。
昭和時代結束，真的結束了。
我覺得自己居然知道昭和時代實在太厲害了。
在那個時代，上館子是夢想。如今那些風俗只能在 NHK 晨間連續劇窺見。

很久以前，我與某位漫畫家用傳真機通信（用傳真機通信！〔笑〕）
那位漫畫家筆下的人物美得超乎想像。
漫畫家本人也非常美，後來直覺太敏銳，開始從事宗教性的活動，幾乎就此停筆引退了。

像她那樣心靈乾淨純粹的人，或許活在這個蕪雜的世界對她而言太艱難了。

結果我們的通信並未出版成書，但那段過程至今仍讓我備感榮幸。在她的漫畫中，細節我不記得了，但有一段描寫是「新年時，空中降下神灑落的某種金色物體。毫不吝惜地閃閃發亮散落全世界，那是何等豐饒的恩賜啊，不得不心存感激」。

新年來臨，空氣澄澈，人們懷抱嶄新的心情思考新的一年並且暫時休息時，我總是想起她偉大的才華，以及這段描述。

只因為許多人同心祈禱，空氣才會有如此的變化。

當然新年假期車子少，工廠也停工放假，空氣當然比較乾淨。

但不只是那樣，正因為充滿了某種類似希望的東西，世界的「氣」才能夠變得稍微乾淨吧。

男人並非都想搞外遇（不過如果有機會，可能會嘗試吧）。

只是因為沒有可能只好死心罷了。

明天說不定會邂逅誰，也許會把喜歡的人全數拋棄，獨自逃走。對，搞不好哪天真的會那樣做。

唯有那種興奮緊張的心情，讓今天閃耀光輝。
不只是戀愛。
那是對未知事物、對自己未來的一種反應。
或許比喜愛築巢的女人更本能地想看到那個吧。

作家高城剛先生曾寫到，「婚姻美滿的祕訣，就是隨便是『祕密基地』、『書房』或『密室』都行，總之丈夫一定要有自己的另一個房間。」如果沒有那樣的空間就會窒息，我想這就是人類。
即便再怎麼和平，沒有餘裕沉潛到自己內心未知世界的每天還是會很空虛。

父親晚年曾說，「忽然有客自遠方來，帶來預期之外的美食」是最令人興奮期待的一大樂事。
那是我問他「眼睛失明，也不能走路後，發生什麼事最開心？最想做什麼？」時他給的答案。
「不過，如果妳因此特地聯絡朋友，請久違的朋友遠道來訪，那就毫無意義了。

偶然臨時起意，偶然順路來訪，才是最好的。」父親如是說。我非常能理解。那正是所謂的可能性。即便是如此瑣碎的話題。

◎不思芭娜

不是光靠技術

我對影像技術所知不多，但從某一刻起，大概只要有人的形狀，就可以用非常好用又便宜的電腦動畫軟體做出纖細漆黑的骸骨或大量昆蟲飛來的模樣。

於是大家紛紛開始創作有那種東西出現的恐怖電影。或者該說，不管三七二十一紛紛在恐怖電影中加入運用那種東西的場面。

雖然我完全無意推崇老梗萬

在史努比周邊商品賣場的戰利品

歲，或者認定最棒的電影就是《天堂的孩子們》[8]和《甜蜜的生活》[9]，但我認為把技術擺第一，和一流（？）的恐怖電影是兩回事。這點想必對普通電影而言也一樣。

比方說《靈異第六感》光是看到死人，就已經感到很可怕和萬分同情了。

《坐立不安》雖然是超級老梗，但在色彩方面下了最厲害也最有效果的功夫，所以片中男孩子隨意朝這邊一瞥，或者女人拿著燈探頭看窗外，就已經很恐怖。

至於《德州電鋸殺人狂》原創版[10]，更是恐怖得讓人一輩子都不敢搭便車。

這些電影都沒有乾屍一窩蜂跑出來（不，在《坐立不安》或許也有做這種老梗的效果吧），卻照樣恐怖。

到頭來問題只在於導演本人擁有多大的願景。

這麼一想，便可清楚理解小說已處於瀕死狀態。

不，想必打從以前就在某種程度上瀕死了。

創作，純粹是從人類共同的醬汁擷取某些東西，再自行加上調味料。那個「自行調味」雖然多少有點意義，但從那醬汁取得的精華能夠發揮多少能量直接烹調，想必才是最重要的。

如果素材好，不用多費手腳自然也能有好的成果。

從素材萃取的精華，廚師個人的經驗，以及創造那個的環境。

那些因素全部加起來才是作品，所以當然不容易出現精彩佳作，況且不管怎樣都有「必然性」左右。

如果替換成料理的例子，就像是「為何這道菜非用松茸不可」、「為什麼要用海帶包裹魚肉醃漬」的理由。

因為捕獲大量沙丁魚，所以今天吃沙丁魚全套大餐！——就算只是這樣的理由當然也無妨。

其中「品味」和「判斷」自然會變得必要。

即便是同樣的沙丁魚，漁夫在海邊吃的，和料理鐵人道場六三郎、法國名廚喬爾・侯布雄、作家伊藤雅子的烹調方式與盛盤方式乃至烹飪時間肯定都不同。

反過來說，正因為想看那種不同，正因為想用各種方法興奮期待地去品嘗、去冒險，人們才會去接觸藝術吧。

7 ＊史努比美術館：東京都港區六本木。（編按，二〇一八年九月閉館。）

8 *Les Enfants du Paradis*，一九四五年，法國電影，導演馬賽爾・卡內。

9 *La Dolce Vita*，一九六〇年，義大利電影，導演費德里柯・費里尼。

10 一九七四年上映。

悲哀的色彩

◎今日小語

雖然不太喜歡用性別去看人，但不管怎麼想都不同的是身體構造。構造不同，想法當然也會有所不同。

對，就像同樣是狗，鬥犬與寵物犬的個性也截然不同。

我愛狗，所以什麼都拿狗舉例，但母狗無論何時都是靜靜旁觀不動聲色地支持我，叛逆的時候也是安靜搞破壞，悄悄給我最頭痛的一擊。例如趁我正要出門時，就故意在走道上撒尿讓我踩到，或者趁我正在收拾時故意坐在東西上面。

大阪夜色

相較之下，公狗總是直接表現「看我看我！誇我誇我！」的想法，感覺好像在說「我以為妳在關注我，沒想到妳只顧著那邊。氣死我了，我要當著妳的面在妳重要的書上尿尿！」

這樣子，豈不是和人類的傾向一模一樣？

看著我家的狗，因為太像人類了，常讓我覺得好笑，忍不住一一拿來比較。

如果思考這種習性，人們常說的「善於操縱男人」當然很簡單，但既然是生物就還是殘留野性，所以到底是真愛或者只是玩弄，是不是好男人大概還是分辨得出來。

基本上男人這種生物不會看什麼內在，即便被同性嫌棄，也勇往直前拚盡全力，而且就喜歡外表美麗的東西，那樣又有何不可？

高城剛學長（他是我在學校的學長）和女明星澤尻英龍華結婚，如果能夠對此頻頻點頭理解，那就等於已經理解男人了！（笑）

如果您是女人，不妨暫且拋開偏見，想想自己若是男人會怎樣吧。

心情愉快地颯爽出門，有很多隨時都想一起廝混的快活哥兒們作伴。而且街上有各種類型的美女，於是上前搭訕，渴望得到肯定，對方如果有回應就很開心，被誇獎就很愉快，如果左右逢源就更愉快。認真起來加倍愉快！

僅僅就這麼簡單，但心情已如羅伯特·哈里斯！

「那當然囉，我可沒那個閒工夫特地去發掘彆扭的醜八怪。就醬子，其他的我可不管了。」如果女人可以這樣迅速切換身分，出其不意地，或許這時人與人的關係才終於變得有趣起來。

「妳喜歡我嗎？那我問妳，妳連那種事都不明白了嗎？」

這，就是男女之間的差別喔！

大阪的串炸

◎小魚腥草
戀愛

人生中最覺得自己「是女人」的時刻。

那是我與下班後西裝筆挺的男友走在大阪心齋橋的拱門下，迎面走來兩個可愛的粉領族面露驚訝地主動打招呼「這不是某某君嗎」的時候。

我不管怎麼看外表都比男友年長五歲（實際相處也是那種感覺），因此頓時很不好意思，稍微和他拉開距離。

「那位是？」

「是我女朋友。」

聽到他這麼說時，我很開心。

大阪這個城市讓我開心地眼泛淚光。

反過來說，如果保持那種心情繼續交往，現在說不定也在一起（這樣的話，現在就見不到超喜歡的丈夫和全世界最愛的兒子了，所以還是不行。還是得分手！）

很遺憾，我的男子氣概遠超過他，最後還是分手了。

真的如〈悲哀的色彩〉歌詞所說，把再見扔到大阪的海裡了！

據說打從得知他要離開那家公司而且好像有女友後，過去完全沒有異性緣的他，忽然就被公司裡好幾個女同事告白（大概也包括當時我們在路上遇到的女孩）。

對對對，那也是女人的習性。

戀愛必然會結束。

熱戀期頂多只有最初三個月。

那和生小孩又有點不同。

所以以戀愛為重心活著，就和嗑藥沒兩樣。

等於只追求酒醉的狀態。

其實熱情退燒後，才是發揮本領的時候。

但那三個月就是一切的說法，我也能理解。

走路姿勢和服裝全都隨之改變。

世界變成粉紅色的。
透過激情的鏡片看出去的是美得令人窒息的世界。

然而，那畢竟不是全部。
只是人生之美的一小部分。

◎不思芭娜
帶來活力

或許還是因為有河流？
大阪的街頭好像總是水氣氤氳。
前面也提過，我的大阪印象嚴格說來不是〈雨中的御堂筋〉而是〈悲哀的色彩〉。
如前述，以前我和在大阪工作的人交往，經常相約在難波至心齋橋一帶碰面。在我的戀愛史中，是最傷感的一段異地戀。

聖地！

所以屬於我的大阪果然不是北區。是南區[12]。

最近不管去日本哪裡都是滿街連鎖店，大阪當然也是，但好像還是有點不同。感覺比較快樂。對話總是有點像說相聲搞笑，也少有心情陰鬱相對無言或對話制式化的情形。

當然或許也有可能是店員看我是觀光客，所以才抱著服務的心態陪我說話，但不只是那樣。感覺比較像是：如果不開心一點，自己也會很無聊，所以還是開心工作提升業績吧！

客人多↓業績提升↓賺大錢。

或許是因為這樣單純的構造還勉強存在。

不順利↓陸續關門↓只有房東或業主賺錢。

若是這種感覺，員工想必也會無所適從。

之前我們四個女人在難波連喝了三家。

三家分別是印度咖哩、燻製酒吧、日本酒居酒屋。

每間店給人的感覺都不同，大家充滿活力，拚命工作，而且挺隨興的。
沒事沒事，這樣就好。因為明天太陽依舊會升起。因為人就是這麼堅強。

「551」的豬肉包

四個女人連喝三家的最後一攤

11 〈悲哀的色彩〉(悲しい色やね):上田正樹一九八二年發行的歌曲,康珍化作詞,林哲司作曲。以關西腔和女人的口吻演唱。

12 二者皆為大阪的鬧區總稱,北區是梅田周邊,南區是指難波周邊。

人生的夢想

◎今日小語

家有不到兩歲的幼兒，真的很辛苦。

他們的工作就是絕對不聽話，所以小朋友越自由自在，家長就越辛苦。

我有按日輪班的溫柔保母們幫忙，雖然幾乎是全天候雇用他們讓我快破產，但畢竟不能讓小孩一個人落單，所以我很慶幸自己咬牙撐過來了。

當時一心只想著「不管怎樣都好，總之只想安靜下來，想放慢速度好好講話、吃東西、睡覺，按自己的步調行動」，但事後卻發現當時才是最快樂的時光。

臺北的樹

那是人生中，第一次不再孤單的時光。

總是大手牽小手，身體總有某部分相連。

孩子上了幼稚園和小學後，就會開始有自己的世界，但那段時光對家長而言是全部。那種日子在人生中僅此一次。

我是在東京老街長大的，所以「只要出門總有人在」。連父母都這麼說。有困難時立刻會有人幫忙。我就是抱著這種想法長大的。

有一次差點被附近的大哥哥欺負時，幾步之外就住著可以幫我的大人，於是我順利逃過一劫。

如今想想，那是多麼美好的環境。

我家小孩走下家門前的坡道時，一路上至少有十個認識的大人開的店。雖然有人如今已經不在了，但還有很多人在。

那些認識的大人之中或許也摻雜不確定是好是壞的人，但只要彼此稍微互相監視一下，就很難出問題。
下北澤還能保持這樣的場所，讓我很感激。
從小孩坐嬰兒車時就認識的人，在他如今就讀中學後依然在此地，真是太好了。
帶著幼兒走在臺灣街頭，大家必然會主動招呼小孩。就連本來工作得不高興的人，也會對孩子露出笑容。
中華圈的人都說：
「兒童是國家的未來。」
哪種國家會有更好的發展，自然無庸贅言。
抱怨幼稚園和托兒所製造噪音的人，自己以前想必是非~常乖巧的小孩吧……。附帶一提，我家小孩的小學旁邊就是小鋼珠店，看到一早就在店門口排隊等著開門的人們，他經常問我：「那

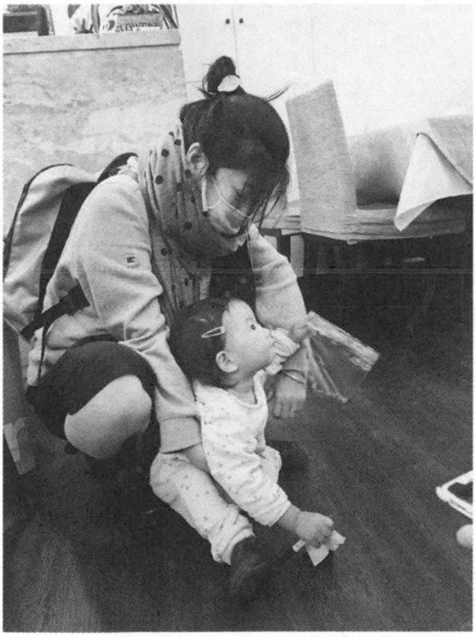

和朋友的小孩合影

些人要幹什麼？」

兩邊都很吵，乾脆比鄰而居——原來也有這一招！

◎小魚腥草

變成某人的夢

那是年輕時的我嗎（這才想起，以前我經常穿短褲）。

那是或許存在過的另一個世界的我嗎？

夢中的那個我，和真實存在的小智這個朋友，在貌似新加坡的某個國外，走在地下樓層設有俱樂部的高級購物中心內。

小智穿著超級奇怪的絲襪。

絲襪很透明，是有紅有黃有綠的螢光色，花鳥圖案的色調從上至下漸漸變深。

待在運動酒吧看起來有點錢的男人們盯著小智的腿不放。

「在那邊的店裡等也行喔。」小智說。

「如果進去那間店，恐怕一開始就會有麻煩，還是算了。」我說。

我們在等地下樓層的俱樂部邀請的派對開始。進場之前不如先吃點東西，喝杯小酒，況且我也得發訊息，這就是我們約好碰面的目的。

另外那棟大樓也有集合了 COMME des GARCONS 商品的店。

我看了之後，對設計師川久保玲的才華讚嘆不已。

如果把這些衣服搭配起來，想必再也不用煩惱吧。

夢中的那個我甚至認真考慮，回到家就立刻翻衣櫃把其他牌子的衣服通通扔掉。

有幾封訊息必須立刻回覆，我們走進似乎是我倆常去的小店，那裡白天賣咖啡晚上賣酒。

當時是傍晚，耀眼的金色夕陽從窗口強烈照射進來。

窗外是被夕陽照亮的高樓大廈與大海。

小智疊起花色驚人的大腿蹺二郎腿，坐在沙發上開始和店裡的人聊天。

我坐在吧檯一邊抽菸一邊用手機回覆有點麻煩的工作案子。

低頭一看，只見自己細如火柴棒的雙腿。深藍色有光澤的短褲與黑絲襪。稍微有點跟的漆皮皮鞋。

置身在和我喜歡的生活模式截然不同的生活中，我無法適當說明那種感受。
哀傷又快樂，明知不可能持續到永遠的一剎那的生活感受。
那個夢中的我們想必只有二十二歲左右。
而且非常孤獨。
兩人只擁有自己的年齡和還算漂亮的外表。
未來想必也不可能太愉快或溫馨。
正因如此，才會將此刻微小的閃光一一珍藏心頭吧。

◎不思芭娜
看到比比！

童話作家大海赫老師一直在畫詭異的繪本。
我是在小學時發現大海老師的《看到比比！》
這本風格強烈的繪本，當時那種畫風和恐怖的內容

飯店的花藝裝置

非常吸引我。

時間寶貴，令人心頭刺痛的初戀。逼近街頭的異變。主角在異樣的狀況下面對異樣的女孩，束手無策。書中就是塞滿那種東西。

當時我這個小粉絲還寫了信給他，後來收到他的回信，我好開心。

後來的人生中，那本繪本也始終在我心中。

大海老師夫妻總是積極進取從容不迫。腦筋轉得非常快，信仰虔誠，會看著別人的眼睛平靜說話，很有黑色幽默感，笑口常開，總是希望社會變得更好。

我想那絕非大多數人會喜歡的作風，但某些人支持他的世界，終此一生。

世間也有那樣的天才。

去年聖誕節大海老師寄來的卡片上的畫（就是「種種祕訣」那一章頁首的照片）很棒。

其實只是耶穌基督誕生圖，卻蘊藏深厚的信仰。

我在義大利和法國等各種國家的各種教堂及美術館，看過各種畫家描繪這個主題，但他的版畫中擁有完全不比任何名畫遜色的某種東西。

我知道藝術沒有勝負優劣可言，但獨自堅持創作繪本如今已八十高齡的大海老師到達的世界，我想，有神的祝福。

他已到達無冕的，卻比任何事物都尊貴的境界。

昂貴又難吃

◎今日小語

「這麼昂貴，裝潢又漂亮，食材也高級，一定要覺得很好吃。」這樣的餐廳和飯店好像越來越多了。

尤其是東京。這種地方總是客滿。

無關價錢高低，如果沒吃過真正好吃的東西就做不出美食，但我覺得明白這個大前提的店本身就不多。有的店或許是因為食材有限，只有起初當地廚師在時很好吃，過了一段時間廚師離開，剩下的員工就變得敷衍了事越來越難吃。也有的店或許是客人不好，讓店裡的水準也江河日下。東京這個場所或許特別容易變成這樣。

看似酥炸的天婦羅其實濕黏軟爛

週末假日想要在餐點應該也不錯的旅館住一晚，隨隨便便都要五萬日幣，正常人都會懷疑到底是什麼樣的客人在支撐這種旅館的生意。大概是外國人和暴發戶吧……

今後的日本，我相信只有假日能休息的人肯定會減少，但目前，假日仍是最擁擠的時候，所以服務當然也比較差，餐廳、道路、電車都很擁擠。若是假日前一天的話還得付出更昂貴的價錢，對上班族而言真是太悲慘了。

靠自己的雙腳，自己的力量，找到還算便宜又美味、愉快的場所，讓那個場所維持下去，或許絕對會讓心情更開朗也更快樂……

但是，那種地方在租金超貴的東京又是另一種辛苦。

反正我買了碾米機，有好吃的米飯和料多味足的味噌湯就相當滿足。今後還是自己開伙吧！

◎小魚腥草

在山上

在我以為不可能有餐廳的鄉下山路之中，有那樣一間餐廳。

與其稱為餐廳，幾乎是一般住家的客廳。不過，空間非常棒。

在那裡吃到的橙汁鴨，堪稱我一生中吃過最好吃的鴨肉絕不為過。至今那個味道仍殘留舌尖。

窗外可以看見群山。

鴨子被熊熊燃燒的柴火燒烤。

那一瞬間，身在其中時絕對不會明白。

那是多麼寶貴的瞬間。

自己是因多麼寶貴的命運安排才來到那裡。

那天的我時差還沒調過來，很累，但那個橙汁醬讓我霍然清醒。

抬頭一看，身邊有我喜愛的人們，有美食，置身在氣氛溫馨的室內。好吃，怎麼會這麼好吃。而且如此幸福。我怎會置身此時此地，在這麼棒的地方。

就算再怎麼配合時間調整行程預約，甚至調整身體，肯定也不可能再去第二次。

那是外國鄉村郊外只限預約的餐廳。

想必還有很多更好吃的東西。但，我在那裡霍然清醒，那是世界僅此一次，人生僅此一次的珍寶。

我被認定是宇宙第一吃貨，我的確也不能否認，但還是有點不同。

我並不想當大胃王，也不是什麼都覺得好吃。比方說出外旅行時，在或許不可能再去的遙遠異鄉，和某人一起吃東西。

店員的笑容、天氣、身體狀況、共餐成員，這些條件不可能再次重現，但其中自有某種輝煌美好。因為大家都知道此生難再齊聚一堂。

那當中，也非常淺顯易懂地包含了人生最最重要的真諦，所以我想我肯定只是喜歡出外旅行沿路品嘗美食吧。

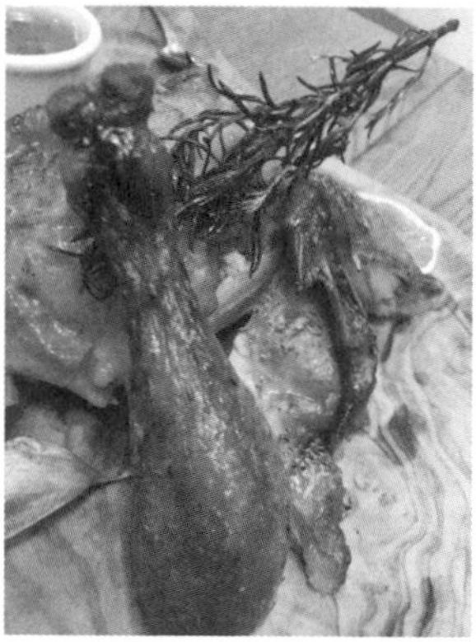

大阪的烤雞

盛盤漂亮的義式生牛肉

◎不思芭娜

精華

歸根究底，我到底為什麼會認識那個劇團的人？

我隱約記得和町藏[13]有關。另外，和野玫瑰[14]也有關。劇團團長生於我父親的老家附近，小山薰堂先生[15]和我父親的老家，以及團長出生地點附近的人們，最後想必都會葬在同一片墓地。想想這陣容還真是豪華又好笑。

看了劇團表演我感受到：

「這肯定是經過一番苦練吧。」

「將身體性逼到極限後，就會產生詩與音樂啊。」

同時，團長的長相和我父親及爺爺好像啊。都是天草人的臉孔。

以前，有段時期我會和團長，及團長的女伴一起去喝酒。雖然只聊葷笑話和蠢話，但團長偶爾會說出一針見血的發言。那一瞬間，每每讓我發現他作品厲害的源頭。

團長的女伴人太好，早早就被神帶回天家。即便纏綿病榻時，她也深受家人與夥伴寵愛，一直笑容滿面。

劇團的人就用附近的木板切菜，在外面露天烹煮，也會去麵包店討免費的吐司邊當主食，用自己做的床鋪搭建成異樣巨大的布景住在裡面。疲倦的團員甚至曾經從床鋪跌落，由於離地面很高，最後被救護車載走。簡直亂七八糟。什麼消防法規啦、健康啦、安全啦通通不被他們放在眼中。正因如此才有驚人的能量。他們的練習已頻繁到人生就等於劇團，舞臺就等於失去私生活。

那樣的時代，想必已經徹底終結了。

近年來我去看過幾次公演，除了老團員之外的人動作都很馬虎讓我頗為意外。動作沒有主軸，也不合節拍。老團員已經進入像動物一樣靠本能運用身體的境界，但我知道那是因為驚人的練習量讓他們超越某種侷限。可是年輕團員之中已經無人能做到那種地步。

團長也過世了，據說直到生命最後都很有團長風範。他想吃天婦羅蕎麥麵，還偷偷溜出醫院，卻意外沒吃到蕎麥麵，吃到了天婦羅。

後來劇團舉辦追悼公演，我想至少該去和老團員打個招呼，於是請他們給我幾張票（當然是付費），但遭到他們拒絕：「就連更照顧我們的人和前任團員都拿不到票，所以請見諒。」我心想，啊，時代變了。已經是金錢第一的時代了。雖然也有「想讓沒經驗的人先看」、「期待已久早早就買好票的人應該優先」等等說法，但那些都不重要。

如果團長和他的女伴還在，八成會說老朋友就算坐地上或在舞臺邊觀看也行，不過得幫忙在入口驗票或散場後幫忙收拾，或者贊助資金。

至於妳就免費寫點東西來交換吧，芭娜子！

彷彿可以聽見他們這麼說。

畢竟他們是那種連舞臺的座位都靠自己搭建，在入口燃起巨大火堆的人，而且還擺路邊攤大賣生雞蛋拌飯。再次無視衛生法和消防法！

反過來說，正是那種亂七八糟催生出那個劇團的龐大能量。

妳該不會只是因為人家不讓妳進去看戲就發牢騷？

不，不是的。如果只有我一人的話可以拿招待券入場，所以真的想看的話我一個人也能去。但索票過程的那一連串溝通，讓我明白某種東西已經喪失，永不復返。那已是被現代法律保護的現代劇團。去了也是徒惹傷心。

事物是根據什麼起源而成立，如何發展，如何變好？只要少了其中一個因素，那個舞臺就會喪失生命。即便劇本和創意卓越，即便老團員表演出最棒的動作，也不會回來了。

這也讓我深深思考，為了不讓自己的小說喪失生命，該怎麼做才好。

結果我發現，為了保護我的作品必須做的種種事情，在現實生活中全都太困難了。不過，我還是打算一點一滴慢慢嘗試。

「不管做什麼都要盡力而為，拋開惡習與偏執，在別人看不到的地方寬大為懷，對自己不需極端批判也不需極端縱容，排除無謂的好奇心，淨化精神，對一切贈禮心懷感激，學習冥想，向內在的神明祈禱，深思熟慮，針對深層論題與自己對話，讓感覺更敏銳，不再去定義自我……」（摘自《塔羅牌的宇宙》亞歷山卓．尤杜洛斯基著[16*]，國書刊行會出版。啊呀，真的太感謝出版這本書的國書刊行會了！）

這份精彩的名單還會繼續，但到頭來我想生活方式會全盤決定我寫的東西。
而且我也要挑戰在死前溜出醫院，去吃天婦羅蕎麥麵！

「茶春」的前菜

大麗花

13 町藏：作家兼歌手町田康的舊藝名。
14 野玫瑰：作家嶽本野玫瑰，本名嶽本稔明，代表作為《下妻物語》。
15 小山薰堂：熊本縣天草市人，擁有劇作家、電臺主持人、企業顧問等多重身分。
16 *《塔羅牌的宇宙》：恐怖電影界的鬼才耗費半世紀研究塔羅牌集大成之作，二〇一六年出版。

豐饒的城市

◎今日小語

我這個命中注定親戚會紛紛與北陸人離婚回娘家的道地江戶人，和金澤這個地方實在談不上八字很合，自從很~久很久以前去領過一次泉鏡花獎後，就再也沒去過。

我只記得當時一同領獎的泡坂妻夫老師表演的魔術超厲害（作為魔術師，足以和厚川昌男這位超厲害的魔術師相提並論！比起領獎，我已經只顧著被他『要給沒看過的人表演魔術』這種鬥志感動）！

這次，在睽違多年後重訪，以前不太理解我所認識的金澤人為何有種異常低調卻又明顯以金澤為傲的

金澤的品酒套餐

氣質，現在都開始覺得，「如果是這麼豐饒的地方，就算稍微驕傲一點也是難免的吧」。

一切的一切都很豐饒，閃閃發亮，品質超高。

如果生在這種地方，豐饒或許會變得理所當然。

螃蟹和溫泉都沒有那麼誇張，只是普通的豐饒。

上次去山形縣時，我也感覺到日本真的還有很多精彩之處，不過也有刻意不公開宣揚那種豐饒的文化。

不知中國人和奧運會如何宣揚文化，但我忍不住單純地想，既然這麼受歡迎，那就只能去推銷，只因為希望大家看到！

還有還有。我不愛吃甜食，但金澤的糕點，無論是外表、品質或包裝，我發現綜合而言水準高得異樣驚人。

我甚至懷疑，金澤的水準太高，或許讓來到東京的金澤人難以忍受？

我去義大利時曾在城堡的酒窖試飲，也買了現榨的瓶裝橄欖油。在教堂和美術館看過許多精彩的繪畫與雕刻，至今如此難忘，所以如果外國人來日本，在福光屋的吧檯試飲，去三川吃壽司，肯定也會覺得日本這個國家超棒吧。

◎小魚腥草

打包行李

現在的我很膽小。

如果沒有事務所的人陪我一起出差，我會從頭到尾都很緊張。飛機如果誤點深夜才抵達，我連計程車都不敢搭，會嚇得快哭出來。

工作也是，如果合作方的陣營有那種「看起來就很難搞」的人，怕麻煩的我還沒做就已煩惱得陷入憂鬱了。

年輕時的我，獨自打包行李，在什麼都搞不清楚的狀況下抵達機場或車站，一切都是獨自完成。

「三川」的壽司！

是當時的心靈創傷讓現在的我變得如此膽怯嗎？

因為太無知太害怕，一點也不覺得快樂。

當時毫無所知的自己是怎麼一個人搞定服裝和化妝的（現在也是一個人自己來，但各方面都變得更厚臉皮。比方說懶得帶衣服去，揚言要到當地再買，結果最後是穿家居服上臺演講。我認為最大的問題就是無法超然處之動不動就大驚小怪），真的很不可思議。

後來優秀的第一任祕書椰果廣子小姐來到我身邊，連假日都抽出時間陪我去買東西，還教了我很多，所以我總算在各方面有所長進。

她那種毫不吝嗇的大力相助，至今我仍只有滿心感激。

前一任祕書麗莎來自厄瓜多，念過德國

旅館的螃蟹！

的寄宿學校，父母也在美國，所以非常習慣旅行。她說啟程當天集中用兩小時打包行李是最好的方法。

或許吧，那大概是最好的辦法吧，雖然隱約這麼感到，可我就是做不到。連我自己都覺得，我真不愧是玩大富翁或大貧民遊戲時都不敢冒險的人。

有一天必須做人生最後的打包。

當然這是比喻性的打包，但必須思考什麼該丟，什麼該留下。那一刻，我不敢要求自己做到麗莎那種程度，但至少我希望我的人生不會拖拖拉拉充滿苦惱。

我對斷捨離沒什麼興趣，但我知道，想把東西留下的念頭幾乎都是出於不純潔的貪念。

我希望屆時自己能夠斷然切換，即便剩下的時間再短也要克制貪念，只看當下或明天，保持清爽磊落的心態。

◎不思芭娜

旅館種種

工作結束後，女服務生通常會去泡個溫泉再回宿舍或自宅，所以習慣吃完晚餐醉醺醺的小睡片刻後才慢慢晃去泡澡的我，不僅會看到全體女服務生的裸體，自己的裸體也被看光光，因此翌晨吃早餐時會很不好意思。

或許正因如此，女服務生們哪怕滿身煙味，皮膚也細膩光滑。

看起來很窮且還嗜酒的我是「無法讀的客人」。

不管是二十幾歲還是五十幾歲，給或不給小費，我好像一直是她們心目中「這個客人是什麼樣的人完全無法判讀，所以姑且不管她」的對象。

我曾堅信只要年紀大了就會解決這個問題，所以竟然完全沒改變讓我很驚訝。

金澤的日本酒

這麼晚睡，還得在早上八點之前起床吃平時不吃的早餐，簡直近似苦行。而且我現在實行十五小時斷食健康法，所以更加困擾。早上起來吃早餐去泡澡，的確感覺很舒服，但是到了下午一定會不斷打瞌睡，一整天都搞砸了。

所以近來我盡量不去旅館過夜。

可是最近流行的某某屋方式，感覺好像只是出現一個新時代的典型，我就是無法適應。尤其是那種超級迂迴的送往迎來的形式和自助餐！那個的原價八成是……以下我就謹言慎行不多說了！

對於那種滿身煙味的女服務生既通曉人情世故且霸道毫無誠意的服務態度，用固體燃料溫吞加熱的火鍋，直接從塑膠袋取出的市售泡菜，溫泉出水口之外水溫完全不熱的溫泉，看似枯樹的露天浴池，紅地毯充滿霉味的漫長走廊，卡拉ＯＫ開得震天響的噪音……或許有一天，我會感到懷念與眷戀。屆時也許我會想，那就是昭和時代啊。

以前，我曾在深夜獨自於某個旅館泡澡出來，只見比我早一會兒離開浴池的相當高齡的胖老太太敞著浴衣，還坐在昏暗的長椅上不動，把我嚇了一跳。

我還以為自己終於見到鬼了。

那位老太太就是那麼悄無聲息。

老太太突然主動對我發話。

「過去的人生中最痛苦的，就是因為處於那種時代，被迫拿過兩個孩子。雖然我說要生下來，可是我先生不答應。那是我唯一的憾恨。就算他現在對我再好也沒用。」

她一再重複同樣的話。

換言之，她有點失智了。

「那的確很痛苦吧。」「現在您能夠這樣泡溫泉，這麼長壽又健康，不是很好嗎？」我也一再勸她。

之後，身材福態的老先生從男浴池出來，老太太對我道聲晚安，搖搖晃晃站起來，和老先生一起走了。

想到他倆沒生下的孩子，我不勝唏噓。
我想，當時就是那樣的時代吧。

「三川」的壽司又一發

邂逅與發現

H二人組 17

這個標題，不是指我和早川先生（笑）。是日前原益美先生和早川義夫先生全國巡迴演出的名稱。好像也有脫口秀，據說原先生的H話題（葷段子）滔滔不絕真的讓人冒汗……

◎今日小語

我在本書提到的人選（梨選？）相當偏頗，或許有人完全沒興趣，這種時候就請讀者自由替換成您喜歡的藝術家吧。

我去看了原益美先生和早川義夫先生的雙人演唱會。

與早川先生合照

會場籠罩的熱情甚至讓我覺得，原來這世上還有很多人如此真摯地來聽「歌」，這是多麼美好的事啊。

大家神情愉悅地用心靈與音樂共鳴的態度聆聽，我感到置身其中的幸福。

關於原先生的驚人才華，我已經寫過太多，所以一直有人懷疑我和他交往，我當然隨時樂於交往，可惜原先生桃花運太旺，任何時代都有超正的女友在身邊，所以很遺憾我們並未交往！（淚）

他獨一無二的才華，一直不斷吸引歌迷，自是理所當然。

他擁有不可思議的嗓音，深奧憂傷的歌詞，美妙的旋律，精湛的吉他技巧。

無論哪一樣都很厲害，而且他甚至還會畫畫！

有人選擇自殺，在死去時大聲播放原先生的音樂……這件事被視作悲劇炒熱話題，但我不那麼認為。

我曾想過，在人生最後一瞬想沉浸其中的音樂在這世間有多少呢？就像西藏僧侶帶著《死者之書》面對死亡，唯有原先生的世界陪伴那人共赴黃泉。那是死時唯一的伴侶。這點很了不起。

第一次聽早川義夫先生的歌是在我小學時。

當時我的生活環境中有很多問題，〈空蕩蕩的世界〉、〈我那去遠海旅行的戀人〉就像自己的心靈寫照，深深滲透我的心。

後來他唱的〈一串紅〉[18*]感動了全日本的人。

然後他開始經營書店，結束書店，又開始頻繁舉辦現場演唱。

我好喜歡他的散文集，點點滴滴彷彿在對我訴說，低調內斂卻蘊含強烈意志的文章，不知道帶給我多大的慰藉。

實際上，在演唱會現場聽他唱歌，有種驚人的震撼力。

詞曲乃至鋼琴演奏當然都很出色。但他一開口唱歌，劈頭感到的不是其中蘊藏生命，而是蘊藏「力量」，這點最厲害。

在那力量之中，充滿讓我們或哭或笑的全部感情，幾乎迸射而出。

在我心目中，他是「日本的李歐納・柯恩」[19]，但他自己肯定會否認吧（李歐納・柯恩曾是全世界我最愛的音樂家，他的過世讓人非常難過）。

那種歌唱的力量，我想是因為他絕不輕忽眼前的人事物，哪怕只是一瞬間，也會「用心」避免錯失。

那種用心，持續了幾年甚至幾十年，才有這種成果吧。當面說話時也是。早川先生從來不會敷衍帶過、打馬虎眼、不置可否。像他那樣的人並不多。

我想，所謂的好人，並不是「善於交際的人」或「態度親和的人」。

像他這樣對自己對他人都誠實的人，才是好人。

就持之以恆這點而言，原先生也一樣。想必正因如此原先生的才華才能夠不斷進化。

有這樣的前輩，讓我也能誠實地決定堅持下去。只要持之以恆，僅僅只是堅持下去，寫出來的文章想必也能不偏不倚，擁有

我喜歡樓頂

不輸給任何東西的強大。

◎小魚腥草

與歌共生

翠綠的蒸氣升起　我的指尖有大海無垠
我喃喃低語愛情　閉眼等待一吻

這麼深奧的內容，兒時的我當然不可能明白。

然而，我感受到了。

早川先生的歌唱方式讓我明白。

這個女人永遠失去這個男人了。

如今回想起來，昔日家中散發著令人懷念的舊地毯氣息的窗口邊，才是我永遠失去的東西。

幼小的我最愛在姊姊房間陽光充足的地方聽唱片。當時陪伴我的貓咪，倒映在玻璃窗上的心愛綠色毛衣的花紋，也歷歷如在眼前。
那是與這首歌一同烙印心扉的重要回憶。

第一次聽到原先生唱「緊貼你溫暖身體的柔軟，就此一同沉睡到永遠」時，我一樣只憑歌唱方式和旋律就明白，這首歌是在描寫世界末日來臨的時候。
我還不知道我的世界末日來臨會是怎樣，可是我已經感同身受了。
我不知道那是太古流傳至今的記憶，還是前世的回憶，抑或只是以前看過的電影產生的想像畫面，但我認為我的確懂了。

歌曲描寫的本該是未知，不知怎地卻帶給我們那種懷念的體驗。
心靈在他們的歌聲中舞動，延展，最後心靈空間變得無限寬廣。
歌者就是樂器。
那個人生存的每一瞬，過去的人生經歷，全都融入在歌聲中。
我已經不記得聽過幾次原先生的現場演唱。三十年來，真的數都數不清。

甚至已想不起來那是哪一年的演唱會，在哪個場所。

就像我養的狗死掉時，我抱著那猶帶溫熱的碩大身軀慟哭，斯時斯地的心情，想必一如原先生的那首歌。

真心只想就此一同陷入永恆的沉睡。唯有那首歌能夠包容我這樣的心情。毫無感傷，純粹就只是真心這麼想。和這隻狗一起就此沉睡，再也不醒該有多好，不用舉行喪禮不用獻花不用收拾水盆，就這樣，保持和昨日之前一樣的心情，直到永遠。

原先生一直照顧的母親過世時，他去靈堂看母親最後一面。

原先生就在安詳如沉睡的母親身旁，像平時一樣說話，可是眼淚卻不由落下。原來也有如此感人的哭泣方式和悲傷方式。

我想，這樣的原先生，果然把心聲全都融入歌中

從「中濱屋」樓頂眺望土肥的景色

了。

◎不思芭娜

護照考

我永生難忘的回憶，是和原先生去夏威夷工作時，在成田特快車上，他凝望遠方說：「去夏威夷的話，護照……需要帶嗎？」

任何問題當下都能對答如流的幹練編輯石原竟然沉默片刻，可見受到多大的衝擊。

我以為請人去拿護照就行了，但原先生家中據說有上百個抽屜（絕未誇大其詞），他也不知道護照放在哪一個抽屜（笑）。

實際上真的是那樣。骨董抽屜堆滿他家整面牆，整面牆全是各種抽屜。

結果，原先生只好自己回家拿護照，晚了一天半才抵達夏威夷。他照樣去了該逛的地方、該寫生的場景，還替我畫了很棒的畫，但他可真性急啊。

藝術家大概就是這樣吧——就是這樣的小插曲。

換個話題，之前因為種種原因，我僱用的兼職人員臨時無法陪我出差，難道我得在沒有男幫手的情況下獨自出發嗎……雖然機票不能改時間，但如果立刻更改計畫或許來得及？於是，我抱著碰運氣的心態，打電話給另一個已經辭職不做兼職的男孩。

「你現在人在哪？」我問。

「出門搭電車，正要去下一個兼職地點面試。」他說。

「那你應該無法現在立刻來夏威夷吧？」我說。

「可以啊。我現在就回去拿護照。」他說，真的只帶了護照，連換洗衣物也沒拿就趕來機場。

我知道世上有許多人善於應變，但做到這種地步也太厲害了吧！

有他臨時相助的夏威夷之旅，留下超級快樂的回憶。

上次在越南，一群海關人員看著我的護照非常嚴肅地討論，我心裡七上八下，擔心是否有什麼問題，結果他們笑著七嘴八舌說：

「吉本（yoshimoto）」、「本（moto）」、「味之素（ajinomoto）！」

超散漫～。

還有一次，我抱著兒子遞上兒子的護照，印尼的海關人員咯咯笑說，「這張照片是嬰兒耶！嬰兒的護照！」對啦，我抱著的的確是嬰兒沒錯，所以無話可說。

那個小嬰兒，現在自己拿護照走向機場海關。望著兒子的背影，我總是好感動。感觸良深。

以前我曾和非常認真的女助理（當時的），以及地方公務員大叔一起去越南。大叔聲稱「這個最方便好用」，用四十五公升裝的垃圾袋裝行李，袋口也沒打結，就這麼拎著上飛機。是那種袋子表面印著「某某市指定垃圾袋」這行大字的玩意。

去世界各地南征北討過的助理小姐當時笑得流眼淚說：「我第一次看到拎垃圾袋搭飛機的人。」

如今想想，也覺得真的是如此。

我丈夫以前搞錯日期，曾經在美國超過簽證期限多待了一天。

那個僅此一次的失誤，讓他在之後的幾十年，每次都在機場被攔下。不容分說就被叫去，和印度大家族以及經由各種國家來美國的波多黎各人（沒有歧視的意思）一起關在小房間長時間等待面談。

同行的我只能在外面苦苦等候。

發訊息給各界人士，托人向海關人員傳話後，最近丈夫順利過海關的次數終於變得比較多了，但誰知道哪天又會出現那種狀況。

每次看到海關人員那種不容分說的態度，我就會覺得，我們雖然拿著和平國家的護照天真的出國，但只要少了一個「普通人」的條件，那個人的人生不知就會有何感想。

比方說，現在雖然還沒有那樣，但如果哪天變成「身體如果不植入晶片就無法移動」或「不打流感疫苗就不能出國」或「自我宣告破產」時，或許不是得被迫放棄出國，就是得放棄定居日本。

那種時候，我希望至少心情能夠盡量柔軟，沒有太多束縛。

17 原益美（Hara Masumi）與早川義夫（Hayakawa Yoshiao）的名字縮寫都是H開頭。另外，H在日文中也指色情、性愛。

18 ＊〈一串紅〉（サルビアの花）：專輯《かっこいいことはなんてかっこ　いんだろう》的一曲，一九六九年URC發行。

19 李歐納・柯恩（Leonard Norman Cohen，1934-2016）：加拿大創作歌手兼詩人、小說家。

那須的大象

地中海的感傷（高第的影子）

◎今日小語

他的建築被人們深愛這麼多年，不知道他做何感想？不，遭遇坎坷的他肯定無法理解。

他和贊助者佩雷之間似乎也不算是穩定的良好關係。不過既然住在同一處，想必的確是好贊助者吧。佩雷死後的他，感覺想必就像燃燒的餘燼。

他的作品構造與設計完全是從大自然得來靈感，思想的核心好像始終建立在讚頌大自然之美，以及對上帝的深厚信仰上。

在他死後繼續建造之舉就算值得肯定，但是看到聖家

聖家堂

堂非他打造的部分，只會讓人更加體會到他的偉大與不在。

如實打造出雙眼所見。
說來如此簡單，但人類就是做不到。
因為無論如何都會忍不住放入「自我」。
而他不斷從作品抽離自我。
於是眼前只剩下無限近似大自然的作品。

高第晚年衣著襤褸走在街頭，被誤認為遊民。
巴塞隆納到處充斥他的影子。
他的思想彷彿還在街頭徘徊，依稀可見他的足跡。

米拉之家的樓頂

工程還在繼續

精細！

內部構造

聖家堂的入口

◎小魚腥草

他的家

從高第的簡樸住家窗口望見的風景，我總覺得，肯定一如當年。

小徑，綠意，風聲。

遠離都會喧囂，位於小丘上的公園十分幽靜。

專心祈禱，睡覺，洗澡，出外用餐。看著窗外，在都會中感覺大自然。這棟房子僅僅為此而存在。

我在那裡第一次感受到他的生活氣息。

那是在聖家堂和米拉之家絕對感受不到的氣息。

他喜愛簡樸、可愛、自然的東西。

比起偉大莊嚴壓得人喘不過氣的東西，他更愛腳下的小草與昆蟲的完美。

彷彿可以感覺到他那種個性。

從這窗口，他想必只是一再眺望。
世界就在眼前。
再沒有比大自然更偉大的事物。

天花板是非常可愛的花卉圖案。

◎不思芭娜

光代 love

我和作家角田光代小姐同樣出自文藝雜誌《海燕》主辦的新人獎，就像同批進公司的員工一樣有種親密感。

她總是給人一種嬌小細緻、勇氣十足卻又有點優柔寡斷的感覺，同時又有絕不妥協的強悍，和她小說中的人物一模一樣。

小說家當然不會寫自己。我也是。

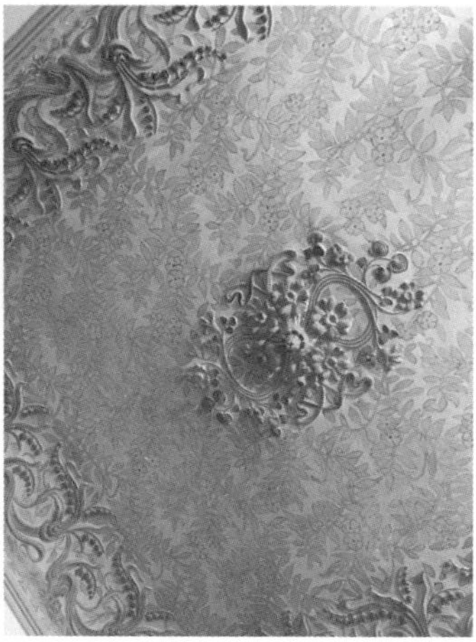

高第家的天花板

高第曾經見過的景色

不過，文章多少還是會滲出某些個人特質。角田小姐和她的小說最相像之處，就是看人時那種筆直的目光。聽人說話時，她總是非常認真。回答時也是像對著對方眼睛傾訴般一字一句清楚傳達。我看了暗想「好像在哪也認識這種人」，結果每次都發現那是她小說中的人物。

在巴塞隆納相遇的角田小姐，花紋套裝底下穿著背心，非常時尚，鞋子是蛇皮的，那種品味特有統一感！

多年旅行想必早已習慣，而且她向來冷靜堅強又聰穎，加上她還學過拳擊，照理說應該很安心，可是看到她獨自站在飯店玄關等人，那纖細的肩膀好脆弱，感覺縹緲得隨時會消失。

「芭娜娜的心中住著一個小學男生，那個小男生會說『小雞雞』或『小妹妹』，自己咯咯笑，就是那種感覺！這點我超喜歡！」

當她用超級誠摯直接的目光這麼說時，我開心得幾乎掉眼淚，我心想，能夠在餐聽毫不避諱地說出這種話的妳，才是最棒的，讓我超喜歡。

與角田小姐合照

銀杏行道樹小夜曲（何謂醫生）

◎今日小語

我與小林健醫生[20*]對談。與之相伴宛如節慶的日子也結束了。

看到他的著作那瞬間，我想我們任務相同肯定會相遇，而且肯定會意氣相投，但我沒想到會契合到如此地步。

醫生和他的祕書及學生，彷彿都是我相知已久的親朋好友。

雖然社會大眾對他的過激意見反應不一，但是若能因此讓大家開始去思考如何愛

銀杏樹

護自己的身體這個命題，那我想什麼反應都無所謂。

我超喜歡讓我發現人生有多麼美好的小林醫生！

我和小林醫生乃至雙方的家人、員工、學生，在這困難的當今時代，想必都是抱著同一個目的而聚集。

「幫助別人活出個人風格」，那才是真正的療癒。

我的使命，只有我才做得到的，就是「去觀察，做出正確評論，並且寫成文章」，「讓讀者在小說中休憩，藉此打造讓讀者個人特質復甦的空間」。

而小林醫生的使命則是「代為傾聽身體的聲音，讓那個人的靈魂找回與生俱來的本來狀態」，「解除不合理的洗腦，活用過去的知識與經驗，幫助人們真正地關愛自己、重視自己」。

我想兩者完全相同。

醫生是什麼？

是人將死時，希望陪在身旁的人。是人將死時，握著手軟語慰藉的人。是讓人在飽嚐艱苦的病床能夠期待「怎麼還不趕快來」的人。是當孩子生病時，一直守在旁邊聊天陪伴的人。就這樣，僅僅就只是這樣。

以前，我曾見過在某領域堪稱世界第一的名醫。他的眼睛非常寂寞、僵直。完全感受不到溫暖。我問他為何看起來如此寂寞，他憤怒又悲傷地堅持「沒那回事」。

我非常失望，但我想那或許也不能怪他。他太忙碌，大家都想請他治病，那一切都令他疲憊。

後來，我接受某個夏威夷醫生（Kahuna）的夏威夷傳統按摩（Lomi Lomi）。他痛罵我：「一點也不愛惜身體！對肝臟造成太大負擔所以才會膚色泛黃！毒素都冒出來了形成蟹足腫！比丈夫還胖，太差勁了！」那絕非滿懷關愛的怒罵（這點差異，我還分得出來。以前曾讓某位真的很愛拈花惹草的氣功醫生治療，他的確很有實力，總是認真怒吼「喂，妳太忙了！」一邊用力敲我的頭，但我感覺超幸福）。

但很不可思議的是，挨罵接受夏威夷按摩的期間，不知怎地還有一隻很小很小的手在替我按摩。

我心想，「就是因為有這個夏威夷的精靈在，所以好歹還能撐下去，最好別讓祂溜走！」這輩子永遠不想再見到那個愛罵人的醫生。

因為我不想讓生氣的人碰我身體！就這麼簡單！（笑）

所謂醫生，就是想見病人，忍不住來到醫院的人。

就是看到有人受折磨，便會用溫柔的手去碰觸的人。

小林醫生並不疲憊，也沒有勉強硬撐。他平時吃得很少，開心時也會享用人們付出愛心親手製作的美食與美酒，他樂於享受人生，並非只會故作清高。

他比任何人都更有人味，比任何人的感情更豐富。

他是真正偉大的醫生。

世間還是有這樣的醫生，這樣就夠了。

但願能夠讓我們不用代為辯解「他並無惡意，是個好人，只是太忙了所以才身不由己」的醫生，可以盡量多一點。

如果能夠讓人在臨死時覺得「有醫生來了，所以可以安心了」的醫生多一點，大家就不會再害怕死亡。

我想那和接生婆是一樣的。

初次在另一個世界投胎重生，與這個人世訣別，毫無經驗的我們，需要有見過許多那種場面以專家身分從旁輔助的可靠人士。

活著的時候想盡情讓自己的身心健康——醫生就是以專業的眼光看待人們這種心願並且從旁輔助的人，提醒我們自己沒發現的身心缺陷。

醫生只要做到這樣就好，為什麼非得搞得很生氣很傲慢很忙碌，一次也不肯正視病人的眼睛？

過去我也遇見過很多傲慢的醫生，如果用心靈之眼去看，可以看見那種醫生就像狸貓陶藝品一樣任由巨大的睪丸垂在椅子上態度異常傲慢。八成被狸貓精附身了吧……不過如果這麼說好像太侮辱狸貓了。

我也見過一些完全失去靈魂的醫生。即便對他說話，他的眼神也恍惚失焦，很虛無。

「我剛才在路邊撿到走失的小狗，所以遲到三十分鐘，沒問題吧？如果有問題的話那我就取消預約。」

我這麼一打電話，有些醫生只會虛無地回答「噢……這樣啊……那請妳盡快過來」，但我絕對不想讓這麼遲鈍的人碰我的牙齒神經。

就連某個開設超知名診所、製造出超暢銷化妝品的醫生也是這樣！徹底的虛無，神遊天外。但他得知我是名人後，便突然精神抖擻靈魂歸竅！（笑）

如果把自己獨一無二的寶貝身體交給那種醫生，我的身體未免太可憐。我認為那萬萬不可。

◎小魚腥草

量子波

她漸漸開始漏尿，無奈之下只好給她包尿片，她沉睡的時間也變多，

與小林健醫生合照

情緒好像也變得更溫和遲鈍，訣別的時刻已近。意外的是，我並沒有猝不及防或太震撼的感覺。

當然偶爾也會嚇一跳，比方說，當她大量出血或嘔吐的時候，但是後來她也康復了，大致上過著平穩的生活，就這麼漸漸接近那一天。

接近與身體訣別的日子。

在這方面人和狗都是一樣的順序。

不過！狗比人更有活動力，所以會像變魔術似的一眨眼就掙脫尿布。

我甚至很想吐槽：既然有那種掙脫尿布的高超技巧，那妳就自己走去上廁所好不好！

她十分鐘之內就在三十個地方漏尿，所以我得一直隨身攜帶衛生紙。

我的襪子底部、衣服、沙發，通通沾了排泄物。

隨時隨地與可疑的污漬共同生活，找不出一塊乾淨的地毯，家裡的氣味之可怕，偶爾甚至讓人有點作嘔。

不過，看到她那樣嚴重發作平息後安穩睡臥的模樣，便會感到哪怕多一分一秒也好，只想相伴廝守的幸福，所以就算又濕又臭還是會忍不住睡在她身邊。醒來時她還有呼吸。四目相對，會互相點點頭：又見面了呢，好開心呢。

大頭症理論派的我，一聽說小林醫生用量子波做治療，在腦海想像的是比較強烈的畫面。

某個黎明，老狗拚命爬上我的床。睡眼惺忪的我心想，就算漏尿也沒關係，事後把床單和睡衣都換掉就行了，於是就這樣和她一起睡。

緊貼著我腹部曲線的她，渾身熱呼呼。

醒來時，肚子溫熱，周遭明亮。世界籠罩在彷彿睡在遠紅外線電熱爐前的乾燥與溫暖。

就像秋光中，豔黃銀杏葉閃閃發亮的感覺。

而我們擁有舉世無雙的安心。什麼都不怕，只覺得，只要這樣在一起便絕對安心。

前一晚的她狀況糟糕得近乎病危，此刻已完全好轉。

我也被重新充電。

能夠廝守的時間又稍微延長了一點點。

兩個生命通力合作，彼此相愛，僅只是這樣，便產生了輕如鴻毛微微發亮並且蘊藏力量的溫暖光芒。

我用身體學會，那光芒，正是療癒的波動。

在她離開這個世界之前，我想是她彷彿要鐫刻在我身體般，用身體親自讓我領會。

我說家裡的狗病危，上課要請假一天，小林醫生的祕書（一位風雅的小姐）就把我家老狗的照片拿給醫生看。醫生已經很忙了，真是不好意思。

「我不是狗，是這些人的家人，和他們一起生活，受到宇宙第一疼愛，我也宇宙第一愛他們！但我差不多該走了，離開的時刻我想根據自己的步調慢慢決定，所以讓我思考一下。」

小林醫師笑咪咪說，妳的狗正在這麼說喔。

我想那大概就是狗這種生物的想法吧。動物很偉大。人類望塵莫及。

小林醫生和我家小花帶給我的那種溫暖微光，宛如聖誕節的燭光，彷彿在寒冬開門進入溫暖明亮的家中，我想珍惜那種光，在我的小說中燃起光芒。

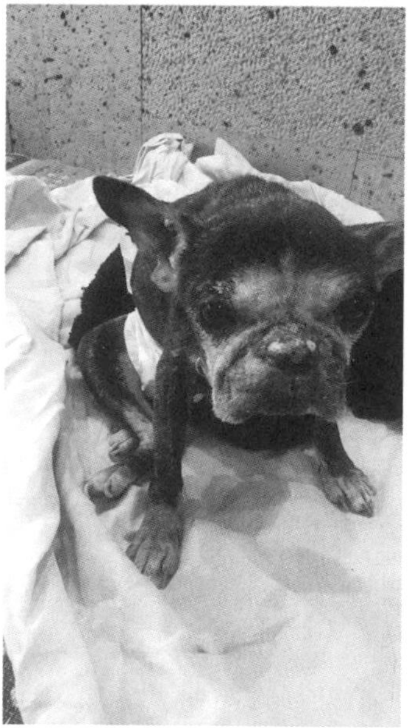
小花

◎不思芭娜

恢復活力的芭娜子

請各位試想一下，這份工作將人們深刻、強大又有點愚蠢的執念暴露了多少。

小說家的工作就是寫小說，所以別的事情做不好，或者人格有缺陷也是莫可奈何。但讀者往往以為小說家本人就像小說人物，或者莫名其妙地期待小說家有能力指引人生方向。

對區區一個做木桶的工匠期待高潔人格未免太不可思議。

但是木桶做久了，那個人的人性會出現難以言喻的深度，令人忍不住想請教他種種問題。我想大概和那個是同樣的道理，於是恍然大悟。

寫小說是我的工作，之後完全無法負責，也沒能力替人療癒，更無法通靈！小說不可能從天而降，小說主角也不會自己活動起來！這些話我不知道講過幾百遍了。

還有，來採訪我的人說出個人感想沒問題，但只說出感想就陷入沉默，真的會讓人不知如何是好，非常困擾。

「一百三十八頁的第三行，主角不是曾這麼說嗎？還有二百五十頁的第四行（朗讀出來），這裡，令人得到很大的救贖。」

聽到這種感想很欣慰，但這是我自己寫的文章我當然知道，而且讀者覺得得到救贖當然也很感激，但我想這樣應該不叫做採訪吧。

但我如果見到已故的小說家威廉·布洛斯老師或太宰治老師，肯定也想求教人生方向，而且八成會忍不住說出對作品的感想，所以沒關係。

偶爾做演講，結果開放現場提問時，如果沒有任何人提到小說的問題，會讓我搞不清自己的職業，難免有點空虛，但至少有人肯看我的書，所以我多半不在意。

我非常非常喜歡自己的讀者（用村上春樹老師的說法是 my people），甚至恨不得辦個藝文沙龍或粉絲俱樂部一年聚會一次（但我沒空，實在做不到）。

比方說，收取最低限度的會費，在最內向的人也敢參加的溫馨會場，辦個演講或開放大家提問。

還可以分發莫名其妙又恐怖的自製周邊商品。

總之，這種搞不清本業是什麼的奇妙情況持續十幾二十年下來後，漸漸會讓我內傷。

我因工作關係經常出國，各國讀書階層的人雖接觸不多，但和對讀書異樣熱情的記者倒是經常打交道，也會被問起讓我從根本思考創作的問題，接受彷彿彼此在通信般嚴肅又愉快的採訪。有很多機會讓我想起「是的，我是小說家，不是人生諮商顧問，也不是靈媒」，所以才能夠保持創作的幹勁吧。

在日本，幾乎所有的小說家都被這個問題困擾得快要崩潰。

我和光代、春樹老大、龍兄、詠美姊、森老師（還有伊藤春香……笑）是多麼堅強啊！如果是運動員，我想這種精神狀態大概已經堅強得足夠參加奧運了。

我經常在想，小說家光是披露小說人物就這麼辛苦了，不知道演藝圈的人是什麼心情！

這是與明星光環相應的辛苦！

想救人，想讓這個世界變得更好一點，想透過文字描寫稍微減輕人心深處累積的痛苦，希望那個人能夠發現自己的本色。

僅僅只是這樣的心願與希望，促使小說家寫文章。

人世充滿不合理、苦楚、扭曲。藉由描寫那些，便可描寫某種希望。但願讀者不會重蹈主角的覆轍。

然而，如果太多小家子氣又愚蠢可笑的事情，會讓人漸漸喪失活力或自信之類的東西。

太愚蠢、沒有動力燃燒熱情的狀況，會讓人逐漸退化，奪走熱情。或許「圈養」這個字眼最能貼切形容。

即便決心不受那種東西影響，每次聽到耳語還是會被刺痛。

那會微妙地奪走小說的活力。

但小林醫生一個人的生存方式（根據傳言，死亡方式也是……）讓人終於想起：真是的，原來只要盡情活著就好，自己的身體屬於自己，不屬於其他任何人！

小林醫生和丸尾孝俊大哥，還有高城剛學長，如果待在日本會累得筋疲力盡，所以他們選擇住在海外，偶爾回來帶給我們活力。

我在想。

一直住在日本的我，能夠做到幾時？能夠撐多久？

在目前情勢下我不確定。也感覺不得不逃離的日子似乎已接近。

但是我還有夥伴，我希望不時離開，又能盡量在日本待久一點，繼續熱愛我的故鄉東京。

父親臨死前說過「妳變得毫無自信，文章也有濁氣」，所以我想告訴父親：「我已變回昔日那個最活潑最愚蠢又有活力時的女兒囉。」

彷彿可以聽見父親的聲音說：「變成那樣恐怕也會出問題喔。」

20 ＊小林健醫生：在紐約推行全人靈療的療癒師。

父母與孫兒

保持自我本色

◎今日小語

有好感的，幸福的，溫馨的。

其實只想寫這種東西。在這容易疲憊的時代，已經不需要人世艱苦與過激辛辣的東西了。

然而，人總是先想著自己，看到「與己不同的事物」時，好像就會斷定「那是錯的」？

本書刊載的照片基本上都取得當事人同意，但關於文章完全採取突擊隊方式進行。就算評論了誰，也沒告訴當事人。就算像作家楚門・卡波提一樣為此吵架也無可奈何，我就是用如此認真的態度書寫。

沖繩的海

那不是因為我認為自己的意見最正確（所有人的意見都只是多樣化意見中的一種），而是因為我希望看到文章的人自己發現。

「吉本小姐原來是這樣想啊～那我呢？」只要這樣就夠了。

當然一方面也是因為我已經受夠了不痛不癢四平八穩毫無吸引力的東西。

我去聽高城剛學長的演講。

打從以前，高城學長和我對人的喜好就完全合不來。（笑）

他喜歡的人，通通都是我最不擅長應對的那種人。高城學長肯定也跟我合不來吧！（笑）

雖然只見過一次，但是他看到有人講別人壞話就會流露非常悲傷的神情，是非常純粹的人。

就算喜好不合！他的聰明，他的言談，他過於有趣的人生，樂在其中的模樣我都好喜歡。

正因為彼此不同，所以才好。

通常，在世界各地經歷過種種的人，不會告訴別人。因為說了可能會帶來麻煩。

但他在某種程度，不，超乎那個程度地樂於分享。

他總是教我們，要去發現。

那想必是因為他總是在想，「透過自己的書寫及演說，肯定有很多人發現什麼。那一定會讓世界變得稍微有趣。」我想效法他那種健全心態。

對，有趣，在某種程度隨興而為是最好的！

◎小魚腥草

離別的那一天

我媽死的那天早上，我姊一如往常烤了吐司端去給她。

幾小時前明明還講過話，可她突然發現我媽已經死了。

據說我姊還把吐司送到我媽嘴邊叫她「張嘴，啊——」。

然後她傳訊息給我說「媽真的死了~」。

耀眼的高城學長

我姊真的是徹頭徹尾地特有風格。

那麼愛乾淨的人，到了必須包尿片時，心八成早已去了遠方吧。

當我說「爸死了呢」，母親只說，「好像是呢，傷腦筋。」

她徹底逃避不願面對的事。逃避最愛的兄長之死，丈夫的死，對自己死亡的恐懼，總之不停逃避。是很厲害的死法。

我們最後一次共度的時光，是去上野看圖坦卡門展覽回來。

上野是爸媽以前約會的地方，也是我與爸媽度過童年之處。

我在母親的房間替她按摩，一邊漫不經心有一搭沒一搭看電視，我兒子也很自然地在母親床邊看平板電腦。大家都在一起。

當時母親已不再接聽我每晚打去讓她與外孫講講話振奮精神的電話。她懶得給電話充電，也無法再去接聽電話。

那晚的母親抽了菸，喝了酒，看了電視，心情頗佳。

她非常理解那就是最後時光。

那是最幸福的時光。

母親每次住院，大家去看望她，那樣共度的片刻，我感覺對母親而言最快樂。

那天，我工作很忙身體也不舒服，所以去找人做精油按摩。

我毫無預感，母親也沒有來通知。

大概是因為母親是「姊控」。或者她自己也被這麼輕易的死去嚇了一跳。

做完按摩，我等著結帳，邊喝茶邊漫不經心看手機訊息，結果得知母親已經不在了。事情已經發生了，沒辦法，我站起來試著環視四周，但告訴誰都沒用，於是我又坐下，繼續喝茶，回覆我姊的訊息。

世界依然不變。SPA館陳列著包裝精美的化妝品各種瓶瓶罐罐，年輕的女員工們忙碌工作。隔壁的咖啡屋傳來杯盤聲。只有我變了。我和來的時候不同，已經成了喪母的女兒。

前一週，我姊來我家附近玩，還說：「媽最近變得很單薄，我真怕她就這麼躺著就死了。」

我說：「我也這麼想。」

我們姊妹倆一起去附近的餐廳吃牛舌，相對頷首。

當時，我想，母親幾乎已經不在這個世上了吧。

那家牛舌店，之後不知為何我再也沒去過。明明東西好吃服務也很周到，可我就是不想去。

我們想必在內心深處都知道，彼此同意的那晚，才是最悲傷吧。

我如此覺得。

紫羅蘭費茲（Violet fizz）是一款幾乎已無人再提及的雞尾酒名稱，但我每次看到就會想起母親。因為母親喜歡那種雞尾酒，在上野喝過。

那種紫色，那種透明感，我認為是和我媽完全神似的飲料。

◎不思睦稔（笑）

我和睦稔攝影完畢的回程，開車開到一半他忽然說：「噢噢，停車！」

我心裡正覺得奇怪，他說很少開門的天婦羅店今天開門營業了。沖繩的天婦羅麵衣較

沖繩沙灘的小花

厚，味道還有點甜，很像吃點心。

「你們在這裡等我一下。」他說著，就下車了。

我很好奇是什麼樣的店，探頭一看，睦稔急忙把正在寫的點菜單藏到背後。

「啊，抱歉，我身上一毛錢也沒有。」他這麼一說，出版社的人立刻表示「這頓我請！」爽快地付了帳。

客人點單後才開始下鍋油炸的天婦羅遲遲沒有炸好。

我覺得好像等了十五分鐘以上。

「好慢啊～」睦稔雖然有點不耐煩，還是對我們說起美麗的沖繩傳說。

之後炸好的天婦羅有5×6種，每一個都是巨無霸。因為點太多，所以才把單子藏起來吧。

睦稔奸笑，「呵呵，按照規矩每個人每種都要吃一個！我已經飽了，所以一個就夠了。」

車裡瀰漫超濃郁的油炸味，我打開車窗。

「啊哈哈！開窗了吧！」睦稔笑了。你也拜託！

天婦羅超好吃，但也太大了！

我們當然吃不完，只好分送天婦羅給友人，但還是吃得很撐。

尤其是炸青菜餅，名稱有青菜，卻是摻了高麗菜、胡蘿蔔、洋蔥的「麵衣」。

「至少這個絕對不是『青菜』吧！」事務所的阿一甚至這麼吐槽。

抵達目的地，下車後大家吃油炸物已經吃得喉嚨冒煙。

「吃這個就該配沖繩的茉莉花茶。茉莉花茶會沖走油膩。在沖繩，茉莉花茶和天婦羅都是配套的喔～」睦稔說。

我們實在受不了，於是去買了茉莉花茶。也分給睦稔。

「嗯，就是這個，就是這個。茉莉花茶果然解油膩，所以和天婦羅是好搭檔！」

他露出帥氣的微笑說，但大家心裡都在想，區區一杯茉莉花茶根本解不了油膩！

味道實在太濃郁了！

不過，聽到高城學長在演講中表示「冷氣機普及時，人類的勞動時間就改變了。這是因為當權者希望能夠有效榨取勞動者的勞力」時，我嚇了一跳。

因為睦稔在睦稔美術館前也提過，「沖繩人絕對不懶惰喔。只是白天太熱了，如果在外工作會弄壞身體，對吧？以前大家都是一大早起來工作，中午太熱就在家裡或樹蔭下作業，然後傍晚再工作幾小時，是這樣的循環。那樣才合理。冷氣機出現後便打亂了循環。大家變得非常守時，不再有所謂的『差不多』。美術館員工也真的按時來上班。我倒覺得更隨便一點也沒關係。」

高城學長靠智慧取得的資訊，睦稔憑著身體本能及觀察力早就知道了。我認為兩者都很了不起，而且也都很真實。

沖縄てんぷら専門店
てんぷらハウス
Okinawan Tempura
TEL (098)956-9935
たこやき 8個入り 200円
スパム てんぷら 60円
ウインナー てんぷら 60円
インゲン てんぷら 60円
ナス てんぷら 60円
ゴーヤー てんぷら 60円
かぼちゃ てんぷら 60円
いも てんぷら 60円
やさい てんぷら 60円
さかな てんぷら 60円
いか てんぷら 60円

睦稔喜歡的天婦羅店

總會有辦法的啦～

睦稔說，「海的彼方如果出現巨大島嶼，就算在這裡有心愛的人，男人也會單純地想去島上看看。」他說從伊是名島眺望沖繩本島的自己當時也是如此。

帥呆了！

◎今日小語

沖繩離島的中學生，若要上高中就只能去大島通學。若要上大學，那就只能離開沖繩。

他們年紀輕輕就很老成，而且男女之別非常明確，想必都是因為從小就在「要成為大人」的教育中長大吧。

有劇毒的植物，年年來襲的強烈颱風，甘蔗田裡常見

沖繩不可思議的植物

的毒蛇，如果貿然下水游泳便會碰上劇毒的波布水母只能邊游邊後退（睦稔說能夠感知波布水母可能出現的場所，所以只要沒那種預感就沒問題，但都市人根本感覺不出來！），以及美軍基地的存在。

正因為生活中有好有壞，所以沖繩人才會擁有「人性的力量」吧。

要選擇哪種生活方式都可以，也的確有所謂的時代潮流，那是理所當然。想必也有如今在東京成為主流的那種單薄又有點虛假、表面光鮮亮麗的氛圍。

但我如果見到沖繩人，就會想起「長輩說的話是對的，值得信賴」或「世上人人都有缺點，所以彼此要互相認同」或「生氣的話大吵一架也行」或「雖然這傢伙無藥可救，可是還是不希望他死」這些很普通的想法。

雖然理所當然，卻好像被遺忘已久？

與睦稔走在路上，眼前出現肚子是藍色的鳥和褐色的鳥。

「看，雄鳥在吸引雌鳥，雌鳥假裝沒注意，其實絕對在盯著。」他說。

實際上，雌鳥的確不時偷瞄雄鳥。

雄鳥突然開始拽海濱牽牛花的葉片。

「一邊求愛，一邊還是忍不住被吃的分心吧？」我說。

「才不是，那是在展示自己力氣這麼大，可以收集好材料築巢啦。」睦稔說。

真厲害，大自然的事情他什麼都懂。

我想，那和能夠在都市巷弄間發現美味小店，能夠分辨出誰會做美食是一樣的！

而且無論鳥類或人類，男生都是大笨蛋！（笑）

我個人認為睦稔淡定敘述「沖繩的夾竹桃樹液有毒，據說美軍烤肉時用夾竹桃的樹枝做串烤，結果死了好幾個人」最好笑——雖然不該笑。但人們談論生死大事時這種奇妙的淡定態度，正是總讓人緊張興奮、自然環境豐富的南國特有的風氣！

我永生難忘，某次看到草叢中有座高聳細長的紅色小山，我指著它問：「這是什麼？」

「那是蟻塚，如果摔倒時手不小心碰到，就會被吃掉，所以走近那個時要小心一點喔～」導遊含笑叮嚀。那是在烏拉圭的某個午後……

睦稔的版畫，印刷之後或許看不出來，實際上相當立體。相較之下照片反倒更接近影像。

我在玄關掛了一幅他的版畫，而且廁所一直張貼著他的版畫月曆（不好意思，掛在廁所），看了好幾年後我才漸漸發現。

我發現，「他能見到的是全然的立體，而且真的能看見女神什麼的！玫瑰甚至有香味散發出來！」

我發現，他的技術，趕不上他能見到的神奇景象。所以他才一直持續雕刻！

之所以這麼說，是因為有一次，他的版畫忽然立體呈現在我眼前，甚至能夠感到清風與氣息，所以這難道是4D!?

而且身心狀況很糟時，如果看他的版

睦稔精彩的版畫

與睦稔合照

畫，就會非常理解畫中的意義，好像從畫中傳達出什麼，讓人產生活力。

他的畫雖然容易被歸類，其實擁有截然不同的能量。今後隨著他每次雕刻也會不斷呈現出來，所以我很期待。

最好不要看印刷複製品，要看他的原畫。睦稔美術館隨時可以看到他的大幅原畫。只要看到原畫，就會立刻明白我說的立體是什麼意思。

能夠和他生於同一個時代真是太好了！

◎小魚腥草

無奈又無奈

忙碌的人（包括我自己在內）總是無法預定行程。

這點我最近才發現。

雖然這個發現有點後知後覺，但我長期照顧臥病的父母還要帶小孩，所以或許也無可奈何。

幾月幾日的幾點幾分去何處這種理所當然的事情就是做不到，所以才叫做很忙。因此我只能說「能去的話我就會去」或「前一天請再跟我確認」。我想那表示我很重視我的本業。

如果明天之前無論如何都想寫完這一章，那就不能出去。因為那是神決定的時間，沒辦法。

所以我也很難見到同樣忙碌的「老爺子」垂見健吾[21*]。以前製作沖繩的書籍時曾經一起四處旅行，之後大概幾年才能見上一面。

彼此都超欣賞對方，所以不能兩人單獨見面，否則一旦喝了酒說不定就一不小心有一腿（當然並沒有一腿）。

他總是桃花運旺盛太受歡迎，身為他的好友，我不知道遭受過多少女性發射的妒火攻擊。

但這也怪不了別人。撇開是男女關係還是怎樣不談（但我們真的沒有任何超友誼關係），我們就是這麼麻吉所以無可奈何。

麻吉就真的是麻吉，只要四目相對就知道。唯獨這點和武士一樣，靠努力沒用。

是很自然的。

偶爾和老爺子見面，會去參加老爺子平日去的沖繩酒館耐力賽。蜻蜓點水地每處各自品嘗一點該店風味，連去好幾家。

沖繩的夜店員工都很愛老爺子。看到的都是笑臉相迎，可以喝酒喝得很幸福。如果一直那樣喝會把肝和胃搞壞，所以我當然也希望他休息一下，但那就是他的人生樂趣與力量的泉源，所以我只能祈禱他均衡地拿捏分寸。

店總是在那裡等候著人們。

開店的人有時想必也會感到無聊，或者苦於資金周轉，或對準備工作感到不耐煩。

但店只是在那裡。

那就是店。

這時如果和老爺子一起去，店裡的人就會綻放笑顏。

那一瞬間，我便可觸及老爺子的沖繩。

老爺子桃花旺盛的人生想必發生過很多事。
但他從不背後批評旁人。
要說只會當面吵架時說。
他從大處取來大筆金錢，在小地方毫不吝惜地付出。
那種深度，重量，感傷，全都表現在他的照片中。
感傷很無奈，痛苦也無奈，數不清的離別也無奈。
但只要生在世間，就
要活下去，就要去愛此時此
刻，愛彼此有緣相伴。
我想那就是沖繩。

與老爺子攝於「初夏」

與老爺子攝於「BACAR」

◎不思芭娜

由佳的小包包

對創作者而言，最重要的大概就是「氣」。

藉由本人保持正氣，人們自然會聚集而來。

這不是什麼偽科學，是常理。

卑劣強悍的氣，囂張低俗的氣當然也能吸引人。但那得付出的代價是無法持久。

對消費者而言，最好的就是秉持自信用正氣誠摯創造出來的東西。

高級品牌就是集合了這種東西，即便會添加些許刺激，也徹底排除低俗的氣，所以才能成功吧。

照顧老狗讓我筋疲力盡，去了西班牙後，即便抵達可眺望美麗廣場的旅館房間依然毫無真實感。

我整理行李，把由佳以前做的兩個小包包擺在窗口，忽然就形成了美得令人幾乎落淚的空間。

我喜歡由佳的笑臉。

她內斂低調，喜愛快樂與可愛的事物，不媚俗，強大，沉穩。總是穿著自己做的繽紛如夢的衣服。

當她悲傷時就明確露出悲傷的表情，開心時就開懷大笑。那樣的人品也蘊藏在她的作品中。

看著她做的小包包就讓我想起那些。

由佳的作品中[22*]最棒的肯定是包包，最近她已經不太製作小手包，而我的隨身物品都是無彩色且設計簡單（當然包包偶爾也有超級合我喜好的，夏天我尤其愛用籐籃包），在各種包款中我尤其喜歡她帶來許多夢想的小手包。彷彿蘊藏璀璨光芒。

放在西班牙窗邊的二個由佳手製小手包

21 ＊垂見健吾：南方攝影師。http://blog.livedoor.jp/tarukenblog/

22 ＊由佳的作品：櫻井由佳以設計、製作包包和首飾為主。http://www.woolcubewool.com/

我是鶴光喲～

◎今日小語

如今想想，為什麼我會如此立志成為「電子雜誌界的笑福亭鶴光」，大概是因為兒時只有星期六聽廣播節目《鶴光的 All Night Nippon》可以讓我忘記人生的沉重。

我也很喜歡明明一直在搞笑卻只讓人感到人生的沉重（笑），正好和鶴光先生相反的「自切俳人」北山修老師主持的 All Night Nippon 節目。每次總是全神貫注地傾聽。

或許這兩者相加再除以二就是人生的滋味!?

那絕非得到慰藉豁然開朗就能療癒，迄今，真的很痛

讓一整年都開心的「PEPEPE 日曆」

苦時，我還是會唱自切俳人的〈夢〉這首歌。

現在我的夢不得不被摧毀　就像那個人的夢想毀滅
在絕望中生存　比起片刻的美夢更需要自我
——〈夢〉，北山修

這是多麼悲傷的歌詞！
但我很喜歡這首歌。不知不覺就會從絕望的谷底湧現新的勇氣。
或許正因為我是如此陰沉，才能被鶴光開朗的葷笑話療癒，滿懷幸福地獨自在老家迎接星期天的黎明。
從小我一直黏著姊姊，可是姊姊為了上學離家了，我的好朋友也搬走了，母親生病，父親忙到最高點，原本由姊姊串連起來的一家人頓時人心渙散。突然變得孤零零的我，只能緊抱著瀕死的貓咪和塑膠做的魚娃娃入睡。
真希望「我的作品」能夠「像鶴光的 All Night Nippon 一樣」擁抱當時的自己該

多好。那或許就是我成為作家的原因。

鶴光先生如果知道了，肯定也會嚇一跳吧！

◎小魚腥草

哀愁的預感

我記得曾在自己很喜歡的書中，寫過「預感會出問題時必然就會出問題」。

以前我否定那種說法。

我覺得：不對，那可以靠人的智慧改變。

我以為：只要有人伸出援手，一切就會改變。

那樣想的我，八成在哪太用力繃得很緊吧。

現在我已經成了歐巴桑，開始認為：「啊~果然是這樣沒錯。」

不是有預知能力也不是觀察得來的結論。單純只是推理和推測。

「不是因為我這麼想才變成這樣，是大自然的定律讓它出問題。」

在我很年輕很傲慢的時候，我以為，現實是自己製造的，所以我才會擁有那些。

但我已明白並非那樣。

就像入夏時的陽光會變得強烈，就像初秋的天空忽然變得高遠。那是自然現象，所以某種程度上可以預測。

一如成群海鳥的下方必有魚群。

但也有時非得等到問題發生後才能夠切割，所以想引發那個問題的深層心理本身可能也是大自然的定律。

果實成熟會墜落。

猴子會來。小鳥會來。

輪流吃果實。

就這麼簡單，理所當然。只是自然現象。

所以什麼都放著不管也沒關係，但人類就是忍不住過度干涉。

不過，比方說……

從飛機窗口看到的景色

這盆仙人掌移植失敗，好像快枯萎了。但是想今天移植，明天很忙……

這種情形多半能解決。

停止移植。

慎選土壤。

那樣一一進行，就能在相當程度上迴避問題。

若是人類彼此。

會期待「對方改變」。

或者認為「靠自己的意志能夠改變趨勢」。

所以或許過於執著，變得頑固。

將來某一天或許會變得比較放鬆，覺得「啊，這是自然景色」。

會覺得「只是大自然編織的美妙世界在眼前展開」。

土中有蚯蚓和微生物不停蠕動，讓世界變得豐饒，扎根土壤的植物成長，開花結果枯萎，然後又會在土中等待春來發出嫩芽吧。好像會這樣對一切變得更寬容。

人類如果也能這樣自然成熟該多好。

◎不思芭娜

有那種感覺，必然會變成那樣

以前我們全家去過義大利的溫泉。在高溫的溫泉水中也能生存的藻類頻繁浮現，據說那也能提升溫泉浴的效果。丈夫兩眼發亮說，這個藻類好像含有什麼特殊成分，日本大概沒有吧？同時愛憐地伸手抓起那充滿硫磺味又黏稠的綠色玩意。

周遭的人優雅泡在溫泉池中談笑。天空蔚藍，溫泉的水溫恰到好處，空間瀰漫美麗的蒸氣。

可是，我丈夫只看見藻類。

我當下感到看見某種決定性的東西。

聖誕節大餐的熱蔬菜沙拉

他需要這種東西。不只是他本業的羅夫結構整合療法，也需要這種東西！

從那時起，我就隱約感到會變成這樣。

我公公經常製作神祕裝置。

很遺憾無法在此刊出照片，總之就是蒸餾藍莓萃取精華，或是把蟑螂趕到一起用噴槍燒的裝置之類的。

父子倆都是研究者，所以這種研究者的靈魂及熱情一輩子都不可能消失。

現在丈夫正一臉幸福地製作味噌和醬油。

我家的暖爐前永遠有什麼黏稠的東西在發酵。

他好像不太追求美味。他看中的似乎是細菌能否活潑又美妙地發酵。

看他樂在其中，我真的很高興。

我想，這就是一家人。

和獨居生活成對比的寬容，會感到自己缺少的某種東西莫名地自行在家中蔓延，感覺格外自由。

所謂家庭，所謂夫婦，或許這樣就好吧。

煙燻蘿蔔乾醬菜

負面女王健在！

這篇的內容不懂的人就完全看不懂，那樣或許也很有趣，請各位就抱著這種心態隨便看看吧

◎今日小語

這三十五年來，我看過幾次戶川純小姐的演唱會。也去過她的後臺休息室。

不過，她看起來太讓人心疼，讓我不敢出聲喊她。

這個人今後也能活下去嗎？想到這裡不禁心情忐忑。我會跟來老家的搖滾樂手遠藤道郎打招呼，繼續護著那樣的野玫瑰（嶽本野玫瑰），被喝醉的町田康親吻，度過光輝的龐克人生，可是不知道為何就是不敢出聲喊她。

戶川純的新 CD

明明從年輕時就一直聽她的歌，歌聲甚至已經滲透體內。

當年活躍的人物，如今看起來好像都有點消沉，我不想接觸那種人，會感到落寞。明明應該是這麼想，可是聽到她的新唱片，我不禁在心中吶喊：

「這首歌活躍的時代又來臨了！」

由此可見，她重新推出專輯是多麼切合當今時代，多麼強大有力。那種品味完全沒錯。一點也不落伍。更何況還有Vampillia[23]呢。

幾乎令人落淚，如此神聖地，她還活著。

看了亞馬遜網站的購買者意見，感到人們對於不只是精選輯的驚喜時，我不禁暗忖，這該不會是件很偉大的事？的確是。

毫不妥協，鍛鍊到極致的作品與嗓音。

可以深深感受到，她對人生、歌唱和創作絲毫不曾懈怠。

是的，只有她能看見，只有她能唱的歌。就在那裡。

只要有那個，她就會歌唱。

那就是人生。

最近去看她的演唱會，她還是身體搖搖晃晃出場，但是幽默感依然健在，還有驚人的歌聲，震撼力十足！

即便是同樣的歌，感覺也比以前更有深度。

那描述出她抱著「寧可死掉算了！」暗自哭泣的無數個夜晚。因此竟然能讓歌曲變得更有深度，這個世界是何等罪孽又何等美麗啊。

只要此人的演唱會還能如此爆滿，只要日本還能培育出這樣的天才嗓音（雖然很辛苦很不容易），我深深感到，這個世界就依然美好。

裏磐梯的小池塘

◎小魚腥草

黑暗就只是黑暗

我知道自己的宅女外表、時尚品味都完全不符合東京的夜店，所以只去那種小眾live house尋求古老的歌曲。

像Gold啦、Yellow啦、Cul de Sac啦（扯句不相干的題外話，我也去過一次曾經紅極一時的東京茱莉安娜迪斯可舞廳！）這種連名稱都曖昧不清的地方我只各去過三次。而且都是被別人帶去，忐忑不安又緊張。看到時尚教主野口強先生也在場，我每次都覺得非常理所當然。

再扯句題外話，我覺得野口先生和攝影家佐內正史君有點相像。感覺上好像渾身散發出超乎必要的性感光芒招來無數桃花。

這麼不會玩的我，實在不像是那個時代的年輕人。

不，或許是錯在我在「注重外表，對異性的興趣就是一切的夜遊場所」完全提不起勁。

還不如去動物園可能更受歡迎，我也更樂於受到那種歡迎。甚至差點激起海獅的性慾遭到襲擊（大概是因為我當時手上拿著魚）。

不過，只有當時才有的那種「夜生活要開始囉，今晚的好時光還很長喔」的感覺令人非常懷念。

夜晚黑漆漆的，又有什麼不好。

就一心一意去追求天亮便會消失的東西吧。

別用什麼睡意或健康之類的字眼，玷汙只有當下閃耀的東西。

就是那樣的心情。

每天都覺得今晚就是永恆，總是笑聲不絕的歲月。

島田雅彥老師還曾告誡我：

「最後一攤吃拉麵當消夜會胖，別吃了。」

就是那樣的時代。

這篇的主題並不是要緬懷青春。

對於所謂的市場行銷、看似會暢銷的商品、健全且無論擺在哪都不會丟臉也不會引發爭議的東西、不痛不癢的東西，我已經全都厭倦了。

晦暗的歌，消極的想法，在夜晚的黑暗中蠢動的力量，通通解放沒關係！

我覺得自己好像到現在還抱著那種氣氛。

不只是針對夜遊。

或許現在只有那裡還有創造力了？

唯有那個充滿幻想似深海魚群悠游的藍色世界，唯有那種祕密氛圍，那種時間伸縮的感覺，或許才有希望？

我如是想。

敬愛的尤杜洛斯基導演與我。我的塔羅牌作品出了翻譯本真的很開心！乾脆回去當算命師吧！電影新作 24* 很快即將上映！

◎不思芭娜

好久沒笑成這樣了

《助演男優賞》[25*]的宣傳影片太有趣，我甚至沒記住歌詞（那樣根本沒宣傳到嘛……）

這已經純屬真實。現實。

連商標圖形都真實。

R—指定[26*]真的太有才華了。

他用酷似超帥的饒舌歌手般若那種剖析方式，表現現代的音樂業界。

或許也只有饒舌歌手能夠做到這點。只有那些在現代社會飽嘗辛酸，渴望看到真實的人才做得到。

我希望唱RAP的人，能夠徹底逃離市場行銷的陷阱。

欣然觀賞「Freestyle Dungeon」這種綜藝節目的我，或許沒資格講那種話。

而且還喜歡DOTAMA[27*]，我到底是有多宅啊。

當然我還是比不過堅稱饒舌歌手野崎RIKON[28*]超厲害的音樂人菊地成孔的偏

心！

不過，其實我也喜歡Anarchy[29*]。感覺他現在好像也會隨時出現在丸尾大哥的客廳。當他加盟主流唱片公司時，我心想，原來走了這一步啊。就某種角度而言是很正確的決定。

我非常關注他們今後的發展，但他們擁有的希望與實力足以克服任何問題，甚至連我這樣的擔心都是多餘的。

無論在哪一行，到頭來都得磨練實力與才華，不斷付出努力才有用。

23 Vampillia是日本的搖滾樂團，與戶川純合作，以「戶川純with Vampillia」之名推出專輯。

24 ＊電影新作《歡迎來到詩樂園》（*Endless Poetry*，2016），尤杜洛斯基編劇、執導，杜可風攝影。

25 ＊《助演男優賞》：備受注目的IMCIDJ成員之一Creepy Nuts的第二張迷你專輯，二〇一七年二月發行。

26 ＊R—指定：大阪人。參加ULTIMATE MC BATTLE連續五年（2010-2014）獲得大阪預賽冠軍，在決賽連續三年（2012-2014）奪得GRAND CHAMPION，日本最強的Freestyle rapper。

27 ＊DOTAMA：栃木縣人。以強而有力的聲音、激烈的舞臺動作、精心構思的歌詞表現自己特有的饒舌音樂。演出辛辣卻幽默的battle，留下強烈震撼。

28 ＊野崎 RIKON：兵庫縣人。小學時因叔叔特製的兜風專用卡帶對音樂產生興趣，二〇〇二年因KINGGIDORA 迷上嘻哈樂，二〇一七年六月七日術ノ穴唱片公司替他發行第一張專輯《野崎爆發》。

29 ＊Anarchy：京都人。生於單親家庭，歷經荒唐的少年時代培養出戰勝逆境的精神，開始投入饒舌表演。二〇一四年加盟主流唱片公司。

偉大的人生

◎今日小語

她孤軍奮戰，只是一心一意創作，最後病倒，離開人世。為兩個同母異父的女兒留下精彩的才華與精髓。

合田佐和子小姐，就是這樣才華洋溢的人物。

抽離人生的苦與樂，埋頭投入自己想創作的東西，一輩子都在專心描繪自認為美好的事物。

太過專心創作某種東西，那個作品不知不覺中自然會吸引他人。

她的作品就以這種自然的形式魅惑大眾，至今仍令人滿懷敬畏，毫不落伍地存在。

摸我兒子小腳的合田佐和子小姐。十二年前的我好年輕！

我很喜歡佐和子的女兒信代的作品，委託她畫過《盡頭的回憶》及《關於她》等書的封面。和作風奇特又美麗的她共事非常愉快，最重要的是，凡是她手指碰觸之物都會變成作品，果然是天才，毋須用言語多做說明，她就能用一幅拼貼畫完美表現出我的小說主題（不知多少次讓我感到這樣根本不需要小說了嘛！）。

我心想，這對母女的才華太可怕了！每次和她們見面總是悠哉地大聊特聊食物、神奇療法、受騙的經歷、埃及超厲害等等話題，每每讓我甘拜下風。

我認為，藝術自有跨越各種領域的藝術特有語言。

走在藝術的路上，雖然各有各的個性與領域，但只要看著那個人講講話，便可在一瞬間互相明白對方到底懂得多少，有多少本領。

所以就算來往不多，只要彼此都在就夠了。

我想這大概是任何工作領域都有的事。

比方說編輯同行（笑）。

或者配線技師同行！

我們現在接收到的資訊多半是被「廣告」控制，所以日本無論有多麼厲害的作品，仍有太多人不知道。反過來說，有時會被刻意封鎖資訊不讓人知道。

因此許多藝術家在經濟上很拮据，不過將來國內外應該會再出現「大老闆」、「金主」的制度吧。因為真正過著有意義人生的那種有錢人，如果不從短時間內便可讓靈魂對等充電的「藝術」得到力量，就會活不下去。

不過，如果去佐和子的展覽會場，或早川義夫的演唱會、岡本太郎的紀念館這種「內行人都知道」的場所，總會看到很多人，其中也有剛認識那位藝術家不久的年輕人熱心待在現場，看到這種情形，我就感到日本的前途沒問題，會打從心底鬆口氣。

原本岡本太郎過世後，在墨西哥建設到一半就中斷形似廢墟的飯店，發現了一幅壁畫《給明日的神話》，當這幅壁畫出現在澀谷車站時，我想只有這裡才有希望了。

年事已高的岡本太郎遺孀敏子女士，專程前往墨西哥確認那幅畫到底是不是太郎的作品，後來我聽敏子女士親口談起看到壁畫那一瞬間的感受。

敏子女士兩眼發亮地說，那是真品，她得以與愛人重逢，她想找個地方可以給更多人觀賞。之後過一陣子，敏子女士就過世了。
因此，每次去澀谷車站，我總是心潮澎湃，非常慶幸。

◎小魚腥草

Aura

過去在國內外美術館我見過太多精彩的畫作。

原畫散發的力量果然非比尋常。

站在梵谷的畫作前，真的會覺得時間飛逝，驀然回神已過了三十分鐘。

我在各國見過各種名畫。達文西、莫內、克利、畢卡索、達利、波提且利、卡拉瓦喬、哥雅、馬蒂斯……讓人忘記身在何時何地。感覺可以天長地久的一直觀賞。

我家唯一一幅佐和子的素描作品。拍到了月曆一角，但那也很好。

那天，松濤美術館把佐和子過去的作品按照年代整理公開展出，我差點迷路，好不容易趕上開幕酒會時，當時敏子女士和佐和子都還在世，正在眼前吟吟微笑。

有幸見到這些偉大的人物，而且他們還認識我，不知如何照亮了我這孤獨的道路。

唯有真正有才華的人才會替年輕人「加油打氣」。

因為他們知道，一如自己的道路獨一無二，那個年輕人的道路也同樣獨一無二。

佐和子的畫作全都靜靜閃耀光輝。

而且活著。

是活生生的。散發淡淡的光彩，搖曳，呼吸。

她描繪的人事物，擺脫了在人間的型態，籠罩那個靈魂具備的真正光芒。

我就像觀賞前述世界知名畫家的作品時一樣，站在那裡流連忘返。光是一天不夠，連去了好幾次。

她如實描繪心靈所見的東西（不是「肉眼所見的東西」）。

因此人生也只依循「真正去看」這點前進。

我很榮幸能夠稍微接觸到如此偉大的人生。

藝術家無一例外。乍看之下活得瀟灑，其實也有很多身陷泥沼毫不光鮮美麗的爛事。周遭的人也跟著焦頭爛額。就是那樣無藥可救的生物，

但是，當藝術家展現出彷彿蓮花出汙泥而不染的作品時，大家霎時忘卻那種辛苦。

忘卻辛苦時，人們在汙泥中仰望蓮花的神情，已接近本質。

沖繩旅館的榕樹

我想那大概就是藝術。

◎不思芭娜

偏頗

我曾和奈良美智去過阿姆斯特丹。

他真的是個無法參與團體行動的人。

總是自己匆匆走掉。不是惡意作對，也不是任性。

他純粹是只能按照自己的步調行動。

可以正常溝通，也是明理的成年人，可以判斷是非，但他完全無法和稅務師打交道，如果有討厭的人在場，就一句話也不說。

我想他身邊的人八成也很辛苦。

這種個性，恐怕的確只能畫畫了。

正因如此繪畫才拯救了他吧。

我基本上也是這種人，只是稍微多了一點企業家的味道，所以就這一行的人而言，我算是各方面都還能應付。

但接觸到討厭的或不想做的事情時，也會出現完全相同的「奈良反應」（笑）。也許是病倒在床，或是昏倒，或是拚命拒絕，或是無法一起走路，也常常讓人大吃一驚。

真的不能去時，不知不覺就會搞錯時間（真的不是故意的）。是我的腳不肯走。周遭的人會很驚訝，剛剛明明還滿臉笑容講笑話抖包袱，為什麼突然不肯配合？本來那麼溫柔，一旦被斷絕關係也會憤怒發狂。

但是，我是有理由的。或許難以理解，卻真的有。創作者——不管是藝壇大師還是藝大學生，我認為都一樣——就是能預感到該不該去某處，即便只是這樣的預感，就像眼睛能看見、手能碰觸一樣，清清楚楚就在那裡。所以無法漠視。

總之，這是創作者的一種病，是藝術的副作用，所以無藥可救。

當本能像鐘聲一樣響起時，就會突然衝向某處，或是霎時結束長年的人際關係。當事人自己也無法控制。只能說是神的旨意。只活在瞬間，在瞬間做出判斷，所以莫可奈何。

這不是任性。真的只是莫可奈何。自己也很痛苦。毫無一貫性。也沒有法則可循。

一旦發現待在某處會讓作品完蛋，就無法再在那裡待下去。就這麼簡單，無法解釋。

奈良先生以前在我家附近的美術館舉辦大型展覽時，熬夜作業累壞了，居然在很詭異的時間跑來我家，在我家的小沙發上呼呼大睡。我和當時的男友都覺得「他肯定累壞了」於是沒吵他，他就像狗睡著了一樣。只是窩在那裡，就是那種沒有更多也沒有更少的睡法。我覺得那樣非常美。

明明很在意別人卻又非常本能，甚至讓人感到很痛快。從他身上感到

與奈良合照

與作品相等的光芒。

所以無論發生任何事，我想，絕不可能有不尊敬奈良先生及其作品的一天。

種種祕訣

懷念的前世（今生之內的）與瘦身

◎今日小語

我超愛像小Q[30*]一樣大吃，像阿浦[31*]一樣喝酒的每一天！坦白講，那正是我直到最近為止的狀態。

當然不是天天如此，也有分大吃和小吃（不是暴食和絕食）的週期，自然而然依循那個週期，或許因此才沒有變成大胖子，一直保持中等胖子。

我的人生中體重與身材最理想的時期，就是我永難忘懷的產後數年去希臘時（為了替《王國》這本小說的最後一章收集資料），那時我剛從產後的暴瘦稍微恢復體力。

希臘的米克諾斯島有令人傻眼的綿延坡道，街上不准汽車進入，所以每天都走很多路，而且幾乎完全不吃碳水

奈良的茶花

化合物，吃大量的白肉魚和蝦子。希臘菜除了白葡萄酒之外和別的酒都不太搭，所以也沒喝啤酒。海水冰冷，必須拚命活動身體游泳。更好的是，當時我並沒有刻意減肥，所以途中三不五時停下吃冰淇淋或三明治的時光，成了恰恰好的期待，點綴了我的生活。換言之，沒有強迫自己禁食甜食或碳水化合物的心理壓力。

在這樣天時地利人和的條件下當然會瘦，同時，我想身體可能也已習慣我個人特有的做法，也就是每年夏天去伊豆實行的自然健康法「整天去海中游泳→幾乎一天只吃一餐而且分量十足→去喝酒發洩壓力→睡眠充足」這種恢復健康的方法。

每個人各有自己的最佳方法，大家想必也都自己知道？

因為吃中藥，有幾個月我幾乎完全不碰肉類和酒（只喝一杯）以及油炸食物和乳製品（為了享樂偶爾還是會吃一點點），比限糖飲食更能確實、愉快地減重。雖然我並沒有特別想變瘦（反正我肩膀超寬，從以前就只能穿 oversize 的版型或男裝），但也沒有其他樂趣，於是就有點期待變瘦。結果衣服變得比以前更適合自己，自然而然挑選服裝也變得很愉快。

今生大吃大喝的我已經遙遠得彷彿前世。

想到自己不能再那樣大吃大喝雖然有點傷心，但在新世界中，為了享受喜歡的東西稍微吃少一點也讓我很興奮。

真不敢相信人生竟能有這麼大的變化。不過，很有趣。超級有趣。

只不過改變行動就能改變人生，這簡直太淺顯易懂太誘人了！

◎小魚腥草

肉食考

我熱愛吃肉。

吃肉就會有力氣，想到那本來就是動物的本能，我很感激那種力氣，也想珍惜。

我和某家燒肉店已經熟到彷彿親戚。

也有某家豬排店的全家人我都超喜歡。

還有某家泰國餐廳被我當成自家食堂！

於是我在想。宰殺動物，吃他們的肉。

古時候人們會誠心誠意將動物解體，皮毛和骨頭全部使用，這是祭祀，也是儀式。

可是在現代，真心烹調的人去處理肉才是祭祀與儀式。

我總覺得，那些了不起的人施加魔法，替我們淨化了肉食的悲哀。

那些人運用人生大量的時間修行，每天騰出時間，小心翼翼替每一個人烹調食物。

他們的手已經成了魔法之手。

被那種手碰觸的肉，彷彿變成清真處理過的肉，徹底解脫了死亡的恐懼。

而且確實為我們帶來營養。

我私下認識這樣的廚師。他們都很誠實，把別人讚美好吃的聲音當成生命意義，一向潔身自好。

所以，我不在沒那種感覺的地方吃肉。

我想光是此舉就讓自己的內在產生某種變化。

而且好像也產生了自己可以替自己作主的自信。

我曾被牛和馬溫柔地磨蹭。也看過豬酣睡的可愛睡容。也曾碰上雞把我當成媽媽亦步亦趨。如果吃掉他們，我會覺得自己是殭屍。我是真心這麼想。

只有使用誠實魔法的廚師們，能夠緩和那種感覺，將之轉換成力量。

在品川搭乘新幹線時總會經過紅磚色牆壁的市場。

那扇門上寫著「溫體肉搬入口」。

經過那裡時，我總在想，我希望自己能夠充分發揮得到的生命，讓我得以堂堂正正不須迴避目光、不必愧對動物。

◎不思芭娜

支持心靈的一句話

便當賣場，超市，餐廳，食堂。

那種地方瞬間最吸引目光的，還是肉類與油炸類的菜色，店家當然也會把那個當成主力商品，總是擺在最好的位置。

如果忍住那種誘惑，姑且先排除那個主力商品繼續打量下去，便能用非常自然純淨的心態看食物。

事物總是有好有壞。可以理直氣壯吃平時刻意限制的碳水化合物，所以樂趣自然大增。素食者多半有小肚子，想必就是因為營養不夠均衡，而且攝取了太多碳水化合物吧。

我忽然想到。

這種時候，支持我的信念是什麼？

不是對永續性農業的憧憬，也不只是對社會把農業及食肉變得工業化的不信任（不信任的確有），不是因為素食者的生活方式特別美好，我發現，純粹只有一個，那就是潛藏在我潛意識的野口晴哉醫生寫過的一句話：「飽食令人不快，空腹令人爽快。」

為了發現潛藏在潛意識的這句話，我潛入心底最深處，沒錯，就是這麼簡單的一句話，打從根本支撐著新生活方式的我。

我深深感到，自己也好想講出這種話。

朋友的伴侶是個超級忙碌壓力特大的男人，雖然身邊也有大美女，但他說什麼都不肯離開她。

雖然發生過很多事，但他死都不離開。

不只是因為她很美，也不只是因為她高雅又性感還有點特立獨行。

我開始吃中藥限制飲食的第三天，和她一起吃飯，我看著菜單說，「這也不能吃那也不能吃，連酒也不能喝，哭哭～」她露出嬌美的微笑，像唱歌般說，「不不不，今後還是多想想能夠愉快享用的食物吧！」明明不關她的事，卻只為了我特地這麼說。

啊，就是這種魔法支持那個忙碌的男友吧，這個人，真的是專業女友！我很感動，從此改去思考過去沒注意的東西、今後能吃的東西，於是生活順利上了軌道。

人的言詞擁有偉大的力量。

所以能夠帶給別人好處的東西，不要只是嘴上說得好聽，我想，應該在正確的時間點就像遞上一盤美食般及時送上才好。

30 ＊小Q：藤子不二雄在《周刊少年SUNDAY》自一九六四年開始連載的人氣漫畫《小鬼Q太郎》的主角。

31 ＊阿浦：水島新司在《*Big Comic Original*》自一九七三年連載至二〇一四年四月號的棒球漫畫《阿浦先生》的主角。

「現在」就是行動的時刻

◎今日小語

我去開會討論接下來要進行的兩個企劃案。

其中一個案子要耗費數年。

因為某些原因集合了各領域的高手。

都是需要時間、毅力與決心去做準備的工作，所以多少也會有些東西必須割捨。

我也在開始實行前，經歷了許多徬徨與迷惘。

這段期間想必成員之中也會有人搬家或結婚，或生產。

即便如此，今天晚上，大家心頭浮現的「結果」，想必會以各種形式實現吧。

峇里島的田地

屆時，我希望自己能夠含笑看著這張照片，能夠不以這張照片為恥。

迄今我仍清楚記得引發契機的瞬間。

那時我在峇里島，去「大哥」丸尾孝俊那裡玩，住在附近的民宿，一邊等早餐一邊在桌前無所事事。

天空一如文字描述的閃閃發光，今後要做的工作與共事夥伴的影像就這麼忽然降臨腦海。

游泳池的水面、天空、簡樸桌子的玻璃桌面，看起來全都潔白發亮。

對了，就是這個！如果現在說出口，或許遙遠似幻夢卻會成真。可是如果現在不做肯定會有什麼不對。就是現在！——也有這樣的確信從天而降。

如果當成想太多當然也可以認為只是想太多。腦海也浮現一大堆實行起來想必會有的困難。我心想，說不定在當今體制下根本不可能實現它。

但下一瞬間，我已經告訴眼前的編輯了。

「我想共同進行一樁大工作，因此想和你簽一份專屬契約。」

他聽了大吃一驚，但立刻理解了我想做的事。他當下說，還要回公司商量一下，但基本上沒問題！

之後為了實現這個計畫，歷經種種困難與修正，現在那個計畫總算逐漸成真。

那兩年之中，工作上發生了種種離別、邂逅、爭執，我也隨之成長。

雖然那是個像是先買小號衣服再瘦身的誇張構想，但是能夠接近實現，我想是因為那一天，峇里島的神明讓我發現了我從小真正喜歡的（寫作）、想做的（不思議獵人）。

從一個人開始出發，因為說出口所以才有了伙伴。

起初他們不懂我想做什麼，但是他們接受了我的狀態，漸漸理解我。超越誤解，對我抱以期待。

那已經只能說是人生的醍醐味了。

企劃成員們

◎小魚腥草
巴龍

每次在岧里島做了可怕的噩夢，最後就會變成睡在毛茸茸蓬鬆皮毛上的場景。那個皮毛灰白相間，非常大，非常溫暖。

毫不知情的我發現那種生物就裝飾在飯店大廳時大吃一驚。原來那叫做聖獸巴龍，是外型似狗的精靈。原來是你的皮毛啊，是你在守護我嗎？

這麼一想，不禁落淚，把臉埋進模擬精靈模樣的大玩偶拍照，結果拍出來的照片中真的有閃爍的白光在我周遭飛舞。

岧里島就是發生這種事也絲毫不覺奇怪的地方。

附帶一提，那些噩夢真的很恐怖。

我夢見自己被可怕的女人盯上，同夥都失散了，還夢見黝黑邪惡的東西氣喘吁吁繞著我的旅館不停高速繞圈子，還有自己溺斃在無垠大海的夢。

那些夢都帶有極強的臨場感，不是撞鬼或錯覺或心理作用什麼的，是感覺真的置身其中。

和朋友走在路上，咦？現在氣氛開始變得凝重了。真的耶，就是從這裡開始的。那麼，這裡呢？這裡沒問題。從這裡開始好像就變輕了。

我們如此討論著。

我們的感覺可怕地一致，最重要的是，我很開心能夠和朋友分享肉眼看不見的東西。

連那種事都不覺得奇怪，光明與暗影濃密共存，那就是峇里島。

暗影深邃可怕，絕非人類的小聰明能夠應付。

而光明非常潔白明亮溫柔，是以纖細的微光籠罩我們的生命喜悅。

從峇里島的飯店望去

◎不思芭娜

治療不安的藥

不安，以各種形式襲來。

和朋友之間有小小的齟齬時。

和工作夥伴的心態出現落差時。

遇到八字不合的團體讓自己感覺很卑微時。

煮飯徹底失敗時。

心情就是無法轉換過來時。

一不小心獨自看了沒有故事結局只讓人悲傷的法國電影，感情無處宣洩時。

那種事之後，陷入無法自拔的荒蕪世界不停原地打轉時。

反覆上網看社群網站的留言越發煽動心情。只覺得生活已毫無樂趣，再也不會有

走到陽光下期盼今後還有大把大把時光的一天時。

這種時候，就要回歸初心。
拿起最喜歡的書，緩緩朗讀出來。決定就用這個速度一切慢慢來。
聽最喜歡的歌（最好是小時候喜歡的），慢慢跟著一起唱，甚至懷念得掉眼淚也無妨。
仔細泡茶，茶點也用小碟盛裝，毫不妥協地挑選最愛的茶杯，從容品茶。
挑三支明天要看的電影租借（其中如果有一支是快節奏的作品更佳）。
毅然拋棄不太喜歡的衣服，大刀闊斧地篩選。
慢慢的，細心的，抱著腳踏實地的心情確實動手做這些事。
記得有一次，我在深夜聽見豐田道倫最低潮的時期創作的強烈曲子。
他的才華就某種角度而言很驚人。
讓人感到寂寞，貧窮，人生似乎已經不可能發生任何好事，一直籠罩在寒冷朦朧的悲情迷霧中。
當時我搞錯信用卡要扣一筆大款項的時間，不得不將一筆定存解約，正是消沉的時候，心情變得無藥可救的不安。

那一刻，我下定了和船梨精〈本地吉祥物樂曲〉這首曲子同樣的決心。

這首曲子唱道，如果有一天潮流退去，大家對船梨精再也不屑一顧，船梨精會從小型活動重新開始，回去看孩子們的笑容就好。

我也是，如果書完全沒銷路了，就自己把文章放到網路上，重新認識慢慢喜歡自己的人就好。

只接自己真心想接的工作，哪怕只有五十個字、一百個字，照樣用心、愉快地寫作就好。

如果無法糊口，全家一起開開心心搬去鄉下就好。

不管在何處，只要自己還是自己，繼續寫下去就對了。

反之，如果對方只因我過去的名氣才上門邀稿，沒看過我的書只聽過名字就來委託工作，那我一律不接。只要把因為喜歡我的作品才來邀約的工作一一完成就好，哪怕稿費低廉。

一邊這麼想，一邊實際動手完成一件小工作，心情已經恢復了。心思只聚焦在實際寫字、印刷出來送到讀者手上的喜悅。

自己的步調，不是上帝決定，也不是父母決定的。要找回決定自己心跳、呼吸、思考方式的步調，就必須自己動手。

動手可以讓只屬於自己的節奏從體內深處湧現。再讓身體配合那個節奏。舉這個例子或許不妥，但就像嘗試嗑藥或在手腕劃傷口一樣，生命突然鮮活呼吸，自己的人生，自己的身體想必都能找回自我。

既然如此，根本沒必要去傷害自己可愛的身體。

因為身體永遠為我們日夜不休全速運轉。

世界在等著你

◎今日小語

有件事一直讓我覺得不可思議。

在昂貴的餐廳喝到的高級香檳或西班牙氣泡酒、義大利氣泡酒被冰鎮得恰到好處非常爽口是理所當然。

這種餐廳端上來的昂貴生火腿好吃也是理所當然。

廁所很乾淨，沒有奇怪的裝飾品且一塵不染，所以衣服始終乾淨，當然也不用清洗，可以保持舒適的心情愉快對話後心滿意足地返家。

相較之下，在廉價餐廳喝的這類飲料和生火腿的品質與價格差了一截，若說理所當然的確理所當然。

世田谷區代田「GLAUBELL COFFEE」的卡布其諾咖啡

但是！為什麼這種地方的飲料在溫度和管理上這麼馬虎（有的餐廳糟糕到不僅酒是溫的，而且開瓶後已經過了很久，完全沒氣泡了），廁所也多半不乾淨？

溫度管理和清潔，不是唯一可以免費提供的嗎？

在西班牙去超便宜的居酒屋，即使吃部位較差的次級火腿，喝比較便宜的氣泡酒，也能感到店員的矜持。

便宜算什麼！在便宜餐館之中我家是最棒的，看到沒有！

——但廁所還是很髒！（笑）

唯有那種矜持，是沒錢也能擁有的，為何要放棄？

我想這方面藏著三百六十行通往成功的重大祕密。

西班牙的生火腿與馬鈴薯沙拉

◎小魚腥草

自由就在那裡

我的店又小又破。

那麼，至少要大量使用非食用性的廉價冰塊，常時冰鎮白葡萄酒和氣泡酒，以最佳狀態提供給客人。

生火腿雖然也是用便宜的邊角肉，但是把切面排列整齊，用普通火腿增加分量，再撒上紅胡椒，讓客人吃得開心就好。

廁所隨時清掃，雖然狹仄老舊，至少要一眼看起來就很乾淨。

這些可以免費做到，所以就算實行起來累得半死，就算每天忙得沒空睡覺，只要肯做，必然會有成果。等客人大量湧來，難以保持時，又要再思考。

- 保持狹小的店面，用賺到的錢雇用成本較低的清潔人員。
- 自己還是照之前一樣努力工作，賺到的錢就在假日好好犒賞自己。
- 搬去容易打掃、空間較大、地點更熱鬧的店鋪，商品稍微漲價。相對的，也提升酒類與菜餚的品質。

● 採取昂貴的會員制，即便生意還不錯也要休息。相對的，提供超講究的酒類與菜餚。

● 考慮是要繼續維持廉價美味的經營方針，還是包含客層在內提高各方面的標準。

……諸如此類，一切選項與自由，隨時在我們面前敞開。

就像裝飾自家房間一樣，可以考慮喜好，配合個人需要量身訂做。

在這樣的情況下如果某方面做到極致，遲早可以打造出長留人們心中的名店。是安靜的店面喜歡的高級路線，還是只求金光閃閃的暴發戶路線，或者想讓大家隨興享用便宜又美味的食物。哪一種都是人生，選哪一種都不分優劣。

那個可能性明明在眼前無限擴展，卻不肯去看的，只有自己。

只看到今天清潔工作的辛苦，賣力工作但店裡依然擁擠吵雜的痛苦，因此為之沮喪的只有自己。

因為只看苦不看樂，所以通常上述選項天天更換，全都做得虎頭蛇尾，成天悲嘆人生不管過多久都不快樂，唯有痛苦越來越多。

無論哪一行都會有點辛苦，也有失眠的夜晚。但是做哪一行才會快樂，只有自己知道。

走暴發戶路線的人，就算閱讀標榜樂活（LOHAS）的成功經驗談也得不到任何益處。

最重視夥伴的人，即使夢想走高級路線也不可能成功。

如果生於富豪之家，和父母及周遭的爺爺奶奶們常去的店很熟，要開庶民居酒屋很辛苦。不過在這種情況下如果夢想「受夠了一板一眼挑選客人的那種店，居酒屋才自由」，說不定可以意外打造出好店。

自己憧憬的店是什麼風格，什麼樣的地方會想去一輩子，只能捫心自問。

以上是拿開店舉例。

不過，其實萬事皆如此。

驀然回神，眼界豁然開朗，人生回到自己手中。

一切皆可能，什麼都能做。

人生就是巨大的樂高玩具，黏土，蠟筆。

什麼都能創造。
只要抬起頭。只需取下自己戴的眼罩。

◎不思芭娜
暢所欲言

我很喜歡「La Playa」[32*]這間西班牙餐廳。該店位於地下室，很老舊，偶爾有點霉味，堆滿了書，就像主廚兒玉先生的家。

正因如此才待得舒服。

被美食部落格批評得一文不值，也的確有理，簡直是痛快。我想那樣或許恰恰好吧。如果都是不好不壞毫無特色的店未免也太無趣。

兒玉先生的個人風格可以和味道畫

老家的巨貓

等號，所以不合胃口的人不會去，我覺得那樣也好。

去見那些人。去看他們的人情味。去邂逅他們熱愛的料理與葡萄酒。

到底是怎樣才能三兩下就做出這麼好吃的菜色，而且還完美地與葡萄酒搭配？我總是很感動。店裡的氣泡酒和菜單不會隨便改變。但，品質一級棒。

可以感受到店家堅決不端出任何難吃飲食的決心。

店內負責選酒和服務的荻沼小姐總是態度淡然，卻可以感受到她衷心熱愛主廚的料理。

兒玉先生充滿人情味又熱血，而且嘴巴很毒，猛開黃腔講做夢的故事。

他老是坐在椅子上喝馥郁的琴酒，抽菸（最近已經改成電子菸）休息。因為那就是他家。

但他就算聊得熱絡也不會搞錯烹調的時間。

日前，別桌的客人來找我要簽名。那天是他女友的生日，再加上他態度很客氣，於是我爽快簽名，還與他們合照。

他的女伴已經醉了，雖然是個開朗的好人，但我感覺應該沒看過我的書，不過這種事完全不重要。出門在外時，某種程度上就變成公開的自己，所以就算被人叫住（但我如果趕時間時通常會拒絕）也完全無所謂。

但，那個喝醉的人拍我兒子的照片或拍我的獨照時，我還是忍不住說：「請千萬不要放到網路上。」

結果兒玉先生開口了：

「渾蛋，人家是私下來用餐，不准拍照，否則我殺了妳！」

當然不是真的怒罵，是半開玩笑的說話方式，但我還是嚇到了，對客人敢用這種態度真是太猛了！

她好像也完全不覺得被冒犯，含笑說「不會再拍了，也不會放到網上」，然後就回座位繼續吃飯去了。

荻沼小姐淡然說，「大概是因為喝了酒吧，有點過分了。早知如此應該在這裡畫條線，跟她說禁止進入。對不起喔。」

兒玉先生也說：「真的很對不起妳。妳是私人時間來店裡，我們卻沒做好控管。店裡控管不佳是我的錯。無法嚴厲禁止真的很抱歉。」——不，我覺得你已經講得夠嚴厲了喔！（笑）

自身的隱私我可以自己保護。也自認一直保護得很好。

但，他們一臉認真保護我與家人共度的時光，讓我真的真的很開心。即便他們是用粗暴可笑的方式。

不是因為我是名人，所以偏袒我勝過無名者，也不是因為雙方都是熟客所以假裝沒看見，他們只是反射性地保護我。

兒玉先生說，「燉飯裡的銀杏要挑個頭小味道濃的，否則煮不出風味，所以這是荻沼小姐的媽媽親手撿來，再仔細剝去外殼。」

他又說：「往年使用的銀杏今年沒貨了……事實上，因為附近的大學有一個撿銀杏供應給我們的企劃，學生們都會去撿銀杏，剝殼，拿來店裡，我們再買下用於西班牙燉飯，可是今年基於衛生顧慮而且學生也辛苦，家長也出面抱怨，校方居然找來業者說要連業者供應的銀杏一起賣，叫我們買下，簡直是莫名其妙！我就叫他們滾。基本上業者的銀杏本就太大顆味道不足。」

充滿人情味的他，每年大概是絞盡腦汁思考怎麼把學生們辛辛苦苦剝的銀杏做成好吃的菜餚吧。說不定碰上季節不對還得特地多花一筆錢。

地上掉落許多銀杏，很想利用，好，那就召集學生剝銀杏，賣給附近餐廳吧！這樣既可替學校打廣告，又不會浪費臭銀杏！

——本來應該是基於這樣的出發點。

結果卻變成：自己撿銀杏剝殼，既麻煩又臭。不如買中國生產的更省事，好，今年就賣那個，這才是合理有利的計畫……

當今社會充斥這種情形。

這種本末倒置的想法蔓延，造成的重大損失，何時才會有人發現？

至少，世間僅此一人的兒玉先生，將來有一天不得不結束營業，再也撐不下去時，我一定會哭吧。

如果他蒙主寵召，我一定會哭得更慘吧。一邊遙想荻沼小姐的母親在銀杏樹下兢兢業業撿銀杏的情景。

在本末倒置的世界，一輩子也得不到那種眼淚的奇蹟性深奧。

螃蟹燉飯

與兒玉先生及荻沼小姐合照

32 ＊La Playa：西班牙餐廳，東京都澀谷區澀谷二丁目十四之四B1，電話〇三－五四六九－九五〇五。

美與化妝的祕訣（人生的今天只有一次。當那人展現本質時，美的祕密就會出現）

◎今日小語

我當然不認為自己是美女（我沒那麼傻）。

而且我還有一點點（一點點???）胖。

被氣內臟療法的大內先生[33*]捏起我肚子上的肥肉說「妳做的是大家憧憬的行業，這坨肉好歹想想辦法！」時（笑），我也是笑著抵抗：「少囉嗦，你知道我花了多少錢才堆出這坨肉嗎！」後來連大內先生也被逼得說「芭娜娜小姐保持這樣就好」，可見我的「詛咒」有多大的威力！

我把自己放在「姿色中等以下，但自有魅力」的位置，尋常過生活。

Tairamihoko 創作的美麗燈飾

即便是這樣的我，也因為工作關係接受過專業化妝師的服務。不過這時化妝做頭髮倒不是為了美，反而只是「讓自己看起來好歹可以見人」。

我每次都是麻煩兩位專家。兩者都是專門替女明星和歌手化妝的當紅炸子雞。其中一人是內山多加子[34*]小姐，把我化得很女性化。連碎髮都替我漂亮地上捲子，果真是「盛裝打扮」。

感覺她溫柔地替我上了一課化妝的必要性。

另一方，說到男性天才，就是化妝師市川土筆先生。

此人雖然也是個大怪胎，但是非常天才。

首先，他不是讓我對著鏡子，而是面對面替我上妝，但我可以深深感到，他眼中映現的我是「今日的我的完成式」。

今日的天氣、膚質、現場氣氛、光線，那些在人生僅此一次——這個最大的重點，我想，因為他是天才所以才知道吧。哪怕今天狀況不好，也只有一天。

讓他幫著上妝之際，我開始覺得「無關美醜或外表裝扮，自己應該珍惜自己」。

雖然認為身體是自己的，實際上卻和自己相隔遙遠。如果和工具一樣愛惜使用，就能延長壽命。被人珍惜的腳踏車，一看就看得出來，對吧？起初只覺得看起來不錯，但如果仔細一瞧，就會發現細節保養得很好。人也是一樣。

愛惜自己的表現之一，我想就是當日的服裝與化妝吧。用心呈現當日的臉孔，就等於是和當日的自己好好相處。適合當天膚質的色彩、服裝、皮包與鞋子，都只屬於這一天。哪怕和昨天穿著完全一樣的服裝，也是只屬於今天的相襯方式。

若能抓住這點，一切想必都會變得輕鬆愉快。甚至是睡得翹起的頭髮。戀人或丈夫，想必也是看到自己神采飛揚，每次都顯得略有不同會更開心。

雖然總是蓬頭亂髮的我大概沒資格說這話，但我還是想基於長年的經驗建議各位：

「根據服裝來設計髮型就幾乎已完成造型，化妝只是補強。」

「年紀越大，妝就得越淡。」

「平日做好保養，到了緊要關頭皮膚自然會助你一臂之力。」

「照鏡子時一定也得從側面和後方的角度照。」

「菸酒是毛孔的大敵。」

「飯店或餐廳無論多高級，只要頭髮和鞋子、皮包夠稱頭，再把皮膚包起來，就算素顏也完全不成問題。」

「當紅的人之所以容光煥發是因為了解自己，再加上意外的動作。」

「就算再怎麼適合，也不能化自己討厭

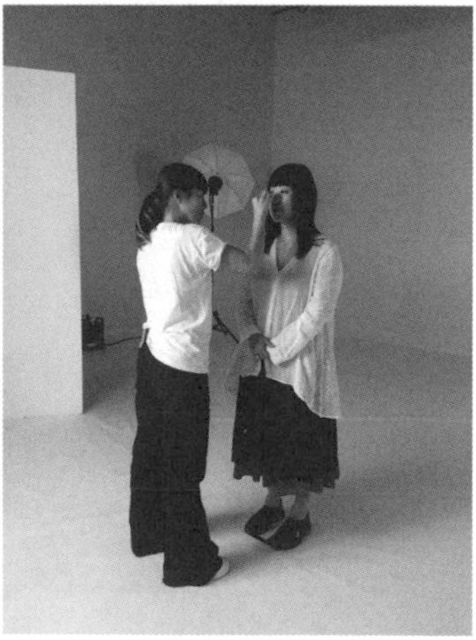

多加子

土筆先生

的妝，穿自己討厭的服裝。但就算再怎麼討厭，周遭眾人都說合適的肯定合適，所以還是該從善如流地嘗試一下。」

現在，我晚上有時雖然會用美容精華液或面膜，但是早上洗臉只用亞麻油和蜂蜜（單純只是食用性蜂蜜）敷臉。

頂多根據當天的皮膚狀況改變一下比例（皮膚乾燥就多用點油，膚色暗沉就多用點蜂蜜）。連嘴唇和脖子也比照辦理。

真是的，原來這樣就行了，害我以前白花了那麼多錢！

真想告訴二十歲的我！

◎小魚腥草

無法喜歡的事物

我做過一次實驗。

有些事情雖然已經隱約猜到會是怎樣的結果，還是想親身體驗一下。

衣衫襤褸頂著素顏去百貨公司的化妝品專櫃樓層，往往沒有任何櫃姐來招呼。

如果妝容完整，穿著外出的好衣服去，就會有櫃姐來服務。

不想惹眼時，只要穿得寒酸一點即可，想買化妝品時，盛裝出門就對了，所以我完全不介意。

人家畢竟是開門做生意的嘛，這種態度是理所當然。

但我也捏了把冷汗。

如果有人想盛裝打扮也做不到，那個場所就會變成孤獨又丟臉的場所。那時身體好像倏然緊縮，我想這種感覺不是被害妄想症，也不是自我意識過剩。

因為人也是動物。

遭到欺負羽毛脫落的軍雞，會被同伴排擠。

當貓罹患皮膚病不得不剃毛，狀態變得可悲時，就再也驕傲不起來。

我想那是同樣的道理。

最近的公園長椅設計改為兩段式。

雖然可以坐，但絕對無法躺平。
我也無法躺著邊看天空邊讀書了。
可能是覺得無家可歸的遊民睡在這裡不大好，萬一老是睡在那裡很麻煩。
因為公園是「家」的延長，弄髒了很麻煩。
話是這樣說沒錯，但每次看到那種兩段式長椅，我就覺得「這個發想本身也太惡意了吧」。非常醜陋。
流動停止。流動停止的東西，不管是女人還是長椅的設計，都不美。
藝術家岡本太郎創作的「拒絕坐下的椅子」相較之下還更美更貼心。貼心多了。
父親過世那天，我在香港超高級購物中心的 Max Mara 專櫃，想找件衣服穿去見父親。
那趟旅行我僅有的裙子屁股破了洞，所以才臨時去買衣服。
說不定會在家門前被人拍照，因此不能光屁股回去。
臉蛋光滑嬌美的櫃姐毫不掩飾「這個人素顏，又是歐巴桑，還拿奇怪的絲巾遮住臀部，太可疑了」的想法出來接待。

「我要去參加親人的守靈夜，但是衣服破了，而且這條裙子有點太休閒了，所以我想買件顏色暗一點的衣服。不過，我不想穿太樸素的衣服去看往生者，因為他好不容易才從痛苦解脫。」我用破英語這麼一說，櫃姐的神情頓時非常溫柔。那一瞬間，她的美麗變得鮮活靈動。她的人生、個性與個人心情都從神情表露無遺。

她一臉溫柔地迅速陪我一起挑選適合我的尺碼，找出顏色雖低調卻綴有串珠，或者雖是黑色卻有刺繡的服裝。

最後還揮手送我離去。

她的一天，和我去見父親遺體的一天，都成了好日子。

亞洲甜美的薰風吹過香港的午後。

我會喜歡的，就是這樣的東西。

某日，靈能諮商師大姊帶著小女兒一起來我家附近玩。於是我們一起去喝日本茶。

總是能立刻感知別人心緒的她，板起媽媽的臉孔說：

「我知道了！妳想先吃放在茶中的米果吧？」

對著玄米茶似乎難以下嚥正在磨蹭的小姑娘，頓時點頭嗯了一聲笑了。
「不好意思，可不可以給我一支小湯匙或木杓？」
大姊喊店員的聲音很響亮。
雖然陪小孩賺不了錢，也不是算命，但她願意去理解孩子。
我會喜歡的，總是這種東西。

◎不思芭娜
蓮華之謎

化妝水「蓮華」[35*]的歷史悠久，始終不曾改變。
我夏天想大量使用化妝水，所以買來放在冰箱。而且搭乘國際線班機時容量有點超過，所以只能換裝成小瓶帶去，有時也會遺忘在旅行地點的房間冰箱中。
這種化妝水含有大量檸檬汁，另外大概也含有甘油，非常滋潤。
當然也有化學成分（大概是最低限度的），價格低廉。但保存期限很短，商品主旨成謎。驚人的保濕力甚至有點黏稠。
就我個人所知的範圍，只有研究所總店、交通會館、中野百老匯及少數網路商店有賣，去買時，銷售員還會懇切告知如何使用。

那些銷售員的皮膚總是好得可怕。

朋友小光也作證：「我媽生前也一直用蓮華。皮膚到死都好得不得了！」（淚）

只要遵守他家相當嚴格的使用法及相應的化妝法（化妝只限粉類），說不定皮膚就能像那些銷售員一樣？

雖然這麼想，馬虎的我總是半途而廢地塗上滿臉ＢＢ霜。

33 ＊大內雅弘：Taozen Japan 代表，Universal Healing Tao Japan 代表。一九八〇年起定居紐約超過三十年，之後將據點移往東京、巴黎、泰國，提倡將冥想、氣功、太極拳、呼吸法、氣內臟（對內臟用氣功治療）療法自成另一體系的 Taozen method。跨越人種、宗教、年代與文化，吸引大批支持者。http://taozen.jp/

34 ＊內山多加子：化妝師。http://www.commune-ltd.com/hair/uchiyama

35 ＊蓮華：歷史超過七十五年的美肌化妝水元祖。不含人工香料與色素，清爽的香味與色澤來自天然檸檬汁。

身體都知道

◎今日小語

最近，不知該說是分寸或常識，總之很多東西好像都隨著日本的政治經濟一同瓦解（雖然我對政治與經濟方面的了解並不多）。

我思考過那是什麼原因，八成是因為大家已經習慣不太動用身體的生活，喪失了凡事先問身體的習慣。

「先問身體」的例子有八成左右類似是「問問腦袋」、「問問心」、「身體好像在這樣說」。

所謂「太扯了！」的分寸，我認為蠻重要的。

不能想得太瑣碎。

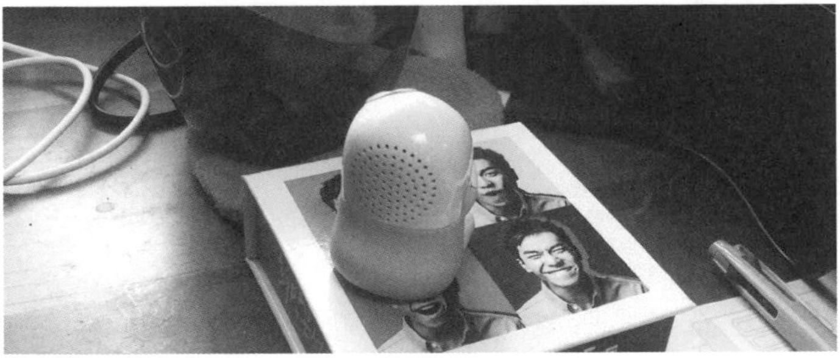

船梨精喇叭

「話雖如此，但那邊是這樣，這邊又是那樣……」
「是個替自己著想的好人，又沒有惡意，所以不答應不行。」
以上這種想法該放下了！
我認為這在當今時代很重要。
上次和手相師日笠雅水小姐談話，用詞雖不同但大致是同一個結論，讓我鬆了一口氣。

「本行可以貸五千萬給您，所以能否請您辦個一千萬的定存？」
「到昨天為止本來毫無靈感，但我接到神諭，從今天起成為教祖。我要做善事，因此請容我把妳的名字加入推薦名單。」
「您的電話費總共可以便宜五千圓，申辦時必須先知道您原本簽約的公司電話號碼，明天十點我會再打電話來，在那之前請您先問清楚。」
「可以介紹雖然沒職業卻很帥的男朋友給您，除了先生之外，要不要再養個男朋友？」
「我想買冰箱，可是還差三萬塊……下次請妳吃飯，所以妳贊助我一點錢好嗎？」

「是非常罕見的電影，片長六小時。可以到府試映，能不能請妳寫篇影評？如果借用DVD事後必須歸還。影評的稿費一律一萬圓。」

「我今天一天都會帶著各位在山中導覽。不過，途中雜誌社會打電話來採訪，我必須暫時接聽電話。屆時請各位保護自己的安全。」

我不太會形容，以上全部都只能說「太扯了」。如果再強烈一點表達我的心情，大概就是「在說什麼鬼話？」

雖然是在「有談判的餘地」這個前提下的說法，可是「有餘地」這個判斷本身就有點奇怪——會這麼想的只有我一人嗎？

若是這樣，只有我一人奇怪也沒關係，身體自己要逃走，所以不會靠近。理由？不知道。我的雙腳，我的身體，就是不肯去。

民俗醫療家上野圭一老師好像也用這個說詞拒絕過某個重要職位。

我覺得那樣就好。

我不認為應該隨波逐流。人本就各不相同。

我只是覺得，身體不肯去的方向還是別去比較好。

就這麼簡單的事，便可讓人生朝舒適邁進多大的一步！我甚至覺得不管怎麼形容都不夠。

隨著年事漸長，單純覺得「沒那個道理」，不去那樣做，對此不做深思，我希望這樣就好。

比起執拗去觀察為何那種事能夠成立的作家精神，我逐漸認為這樣更重要。

人生只有一次，我想爽快點。

寫這種文章時，每次想的絕不可能是「批判」、「diss」、「上對下的俯視」、「輕蔑」。人非聖賢，必然都有偏頗，也會犯錯，或哭或笑或重新來過，是可愛的生物，我想大家彼此半斤八兩。

正因如此，能夠坦然說出「好像有點不大適合，抱歉」、「我不這麼認為，但並非責怪你，只是我不大懂」、「今天我不太想去」這種話，非常非常重要。

◎小魚腥草

奇怪的午後

和我從小一起長大的姊妹淘與老公吵架，憤然離家出走來投靠我（後來她還是離婚了），不知怎地就和我當天錄影順便約好一起喝酒的作家中上健次老師一起去唱卡拉ＯＫ。

中上老師唱的〈兄弟船〉超好聽，有這個耳福真是太好了。

嗓音優美，唱得也感人熱淚。

好姊妹當晚留在我家過夜，也參加了我隔天早已安排的療癒計畫（其實我自己也不大清楚）。因為友人爽快邀約說，既然我的朋友心情不佳那就一起來。

從飯店窗口眺望首爾的景色

細節我已不記得了，總之那個計畫就是我們去常與友人光顧的某餐廳老闆夫婦的公寓，泡了那家太太推薦的草藥浴之後，吃他們夫妻烹調的飯菜。

在放了大量特別草藥的水中每浸泡十分鐘就起來休息十五分鐘，房間鋪滿被子，躺著睡覺也行。泡出毒素的草藥水則由那家的太太換上新的。

這樣反覆浸泡數小時，自己幾乎什麼也沒做就感到深受療癒，那位太太說，人有時僅只是希望這樣受到他人照料。

我曾抱怨工作太忙，所以他們才邀請我去，但這個計畫正適合我的姊妹淘。她在陌生人絕不算豪華卻很寬敞的老舊公寓一室，莫名其妙地脫光衣服泡澡，小睡，考慮離婚之事，發呆。至今想來仍覺得是不可思議的光景。

而且那位太太煮的飯菜超級美味。

那位太太本來就豐滿，肚子有小寶寶，所以更顯得圓潤安穩。

把我帶去那裡的友人也是非常特立獨行的人，她想知道她父親再婚對象的人品，聲稱要去見對方，偷錄下雙方的對話內容，若有不妥之處就放給父親聽，但我有點怕應付那種場面，於是疏遠了她，也疏遠了那對夫妻。

日前不經意經過那家餐廳，昔日年輕的老闆已滿頭白髮，我問他太太呢，他說早已過世，當時還在太太肚子裡的女兒如今都十九歲了。

那位太太高明的廚藝，笑咪咪的臉孔，以及渾圓的背影，霎時惆悵地掠過腦海。

那位太太，那個拿毛巾包著我讓我和朋友一起躺在她家客廳的女人，我祈求，她這一生也曾什麼都不做就得到某人的熱心照料，如果這個心願未實現，一輩子都很操勞，那麼至少讓她在天國得以安息。

我和特立獨行的友人，以及心力交瘁的姊妹淘，在陌生人的家中半裸地躺著睡覺聊天的這個僅此一次的奇妙體驗，以及陰霾天空下從陽臺眺望的假日東京街景，想必會永遠難忘吧。

中上老師和草藥浴的太太都已去了天堂。

當時我的生活過得亂七八糟，所以生活插曲也很誇張。

那個行程也太扯了。

「離家出走的姊妹淘突然來投靠我」，「和中上健次一起去唱卡拉ＯＫ」，乃至

「去幾乎完全陌生的夫妻家中泡澡睡覺吃飯」。

那是單身時才有的美妙又古怪的體驗。

◎不思芭娜
奇妙規矩

以前我曾針對此事提過幾次，所以如果已看過好幾次的讀者很抱歉。

大學時，我去面試應徵兼職工作。

是當烹飪教室的兼職助理，來應徵的人齊聚一室。然後，對方要求我們至少要用貸款買下要價數萬元的鍋具一組。理由是工作會用到那套鍋具，是必需品。

對方還說，這套鍋具可以用幾十年，是好東西，買了絕對不吃虧。

「欸，這是推銷鍋子的陷阱吧。」

Tairamihoko 創作的時鐘

我小聲對旁邊的應徵者說。

結果那個人睜大渾圓的雙眼說：「可是鍋子看起來很不錯，我想買下來得到這份工作耶。」

「那麼，不買鍋具組的人就自動視為面試初審淘汰，請自行離開。」聽到對方這麼宣布，抱著「當然要走」的想法離開的，竟然只有我一人。

我有時會想。

那些女孩，是明知如此寧可受騙嗎？抑或，是真的覺得鍋子好才願意買？她們現在應該也有小孩了，之後可曾做過一次兼職領到薪水？領到的薪水有超過鍋具的價錢嗎？

那套鍋具還在她們的家中嗎？

太多謎團，迄今仍曖昧不清。

我記得打工的地方基本上或多或少都有可能發生這種事。我的每個打工地點分別都有奇妙規矩。

「茶減至三分之一時才沖泡，但茶包使用兩次」（不衛生）。

「工讀生不可主動對每月來一次的帥哥上司說話」（老大姐會生氣）。

「收銀機從昭和時代就沒換過，是手動式，因此自己計算」（經常請客人自己算）。

我在某出版外包公司打工時，該公司是靠製作汽車型錄和旅行雜誌賺錢，私底下有點宗教氛圍。對方慫恿我買公司裡地位等同教祖大人的人寫的書（要價一萬圓）。那本書若從全然不同的角度看來令我頗有興趣，所以我買了。看了之後，完全無法接受，因此沒有特別向上司報告讀後心得。頂多只說過那本書企圖心旺盛很有意思吧。我也不太記得了。

那家公司的男女經營者在交往，但不知為何並不打算結婚。女方頻頻勸說男方向工讀生公開兩人關係，男方卻佯裝不知。但兩人感情非常好。

完全不懂人情世故的人聚集在一起，到頭來就會變成追逐理想吧。我有時在想。不知那兩人是否結婚了？或者仍未結婚，現在還一起工作？該不會還在繼續那種宗教式的經營？抑或……

我成為作家時，是他們率先打電話來恭喜我。

他們並沒有說「所以妳要不要來我們公司上班？」也沒說「介紹好案子給我們吧？」，或「幫忙推廣我們的教祖好嗎？」只是態度尋常。

如今想來，他們是難得的好人。

他們問我要不要去參加那個宗教衍生出的偶像團體的演唱會，我以忙碌為由推拒，他們就乾脆地不再多說，到現在我都覺得，那不是拉攏，只是普通地替我高興。

不過就算如此，他們也絕非可以做朋友的人。

想到因打工認識的那些奇妙人們，雖然不是很明白，總覺得有點恍惚。

他們吃美食，過生活，付房租，想必現在也是。

各式各樣的人，只是毫無計畫地過生活吧。

自己固然也是如此，大家都是這樣在日本工作、生活、死去，度過短暫的一生吧。想想怪惹人心疼的。

照片是我去參加船梨精後援會時拚命拍的。看到來賓們，不知不覺想起打工時遇到的那些今生無緣見面的人，或許是因為現場多半是中高年齡層的人吧。

船梨精本人！

大鬧蟹的早晨

◎今日小語

我超喜歡譚君[36*]替搖滾樂團Quruli那首〈琥珀色街道，大鬧蟹的早晨〉創作的宣傳影片！畫面真美！

上次Quruli的岸田先生擔任勝井祐二[37*]和U-zhaan的演唱會嘉賓，光憑他的風采和歌聲給人的感覺，就能感到他在人生和音樂方面是如何充滿挑戰精神。

他在身心兩方面想必都克服了不少難關。

勝井先生和U-zhaan也是。光聽聲音，就知道他們克服了很多事（從學習多年的古典樂換跑道，或者搬去印度生活等等）。

臺北的糕點

這種事，只要聽聲音，看到他們的樣貌就知道。

也有些人害怕去明白，故意只聽不痛不癢沒有深度的音樂。或許如今尤其是這樣的時代。

三一一大地震後撫慰我心的是原益美先生的演唱會。聽他的歌聲，會發現當我們對很多事垂淚的同時，生命的力量也逐漸復甦。

其中也包含了「地震後去探望雙親，發現他們不像阪神淡路大地震時那樣做出鮮活積極的反應與意見，只是臥床不起。父親在阪神地震時明明還立刻趕往當地視察。啊，現在已和當年不同，到了這種時候」（不過，父親還是在事後提出建言，認為海嘯會對當地人造成長期的心理陰影，必須妥善應對）這種有點自私的眼淚，複雜的情緒深深籠罩著我。

睦稔的書中提到，沖繩人都知道，悲傷的時候就唱悲傷的歌。年輕的睦稔與遭逢不幸的人聚會時，為了鼓勵對方，唱了快樂的歌給對方聽，結果對方說他那樣不對。

我非常能理解。

即使那不會成為主流，只要自己這個接收者理解就好，只要能帶給自己心情平復的力量，那就是自己喜愛的事物。而且，克服過困厄的人創出的作品，必然會打動人心。

那就是希望。

◎小魚腥草

那天

這是關於我在義大利領到卡布里獎的那年夏天的回憶。

我從不曾在卡布里待過那麼久。以前去玩時，每次基本上都是從拿坡里出發，當天返回。

我天天懶洋洋待在飯店。

從陽臺眺望既不美麗也不骯髒，雖然不

老家的巨貓又一張

太清楚但好像很好玩的飯店屋頂連綿起伏的風景。

每天和黑社會或船公司的可疑人物，以及向他們拿錢的藝術家及製作人雞同鴨講地用英文對話。

我發現義大利人基本上打從心底都很馬虎。

也有一大堆所謂的「派對動物」。

一到傍晚，就有各種盛裝打扮的人湧上街頭想喝酒。

另外也有很多成年人穿著華服高調地參加高級派對。

那種感覺有點老派，很有意思。

盛裝打扮，在廣場的酒吧先來杯氣泡葡萄酒。有點「夜晚就此開始！」的氛圍。

那一帶的服裝店和珠寶店最低價格一律超過十萬日圓，我什麼都不想買，只買了一個皮包。

而且我們都是在飯店旁吃廉價的冰淇淋。冰淇淋的甜筒殼是手工做的，相當好吃。

飯店的餐廳已吃膩了，可是外面的餐廳多半昂貴又難吃，因此還是天天去那個餐廳報到。

重訪我最愛的 Axel Mount 大宅，參觀或藍或白的各種洞窟，帶著年幼的兒子漫遊全島，甚至令我懷疑這輩子可能再也無法這樣時間充裕地旅行。

頒獎典禮在飯店頂樓布置美麗的會場，人們在夜景中的璀璨燈光下喝著氣泡酒，吃開胃小菜，氣氛相當優雅。

大家向我問起海嘯，也談到對日本的印象，讓我很感激。

我朗讀了引用 Qururi 搖滾樂團著名的歌名〈玫瑰花〉這篇散文。

在一旁用義大利語朗讀出來的年輕女明星，是個好女孩。

臨別時還送給我紅玫瑰卡片，告訴我這種花與她的祖父母哀愁回憶的場所有關。

我和她並肩站在舞臺上，用日語和義大利語交互朗讀同一篇文章時，我很幸福。眼前有朋友和丈夫和兒子。

想想真是一段奇妙的時光，每次只要想起那瞬間，其他的怪事便皆可拋諸腦後。

我從未經歷那麼像旅行的旅行。

或許也從未和家人在同一個房間待過那麼長的時間。

洗完頭就樣披著濕淋淋的頭髮去飯店樓下，站著吃隔壁賣的冰淇淋。頭髮還沒乾，閃閃發亮。去廣場便可看見高聳陡峭的山崖與蔚藍的大海。

滯留期間腦子只想著「不知道趕不趕得上飛機」或「會不會暈船？」，抑或「既然在街上講英語無法溝通那以後乾脆都不要講了？」這類事情。

如今想想，好像沒住過那麼奇怪的場所。

街區全在山崖上。港口在崖下。去接朋友時必須在陡坡上上下下。

想想簡直如在夢中。

◎不思芭娜

心的不可思議

這也是大家想必都有過經驗的事，所以寫來有點不安。

在這世上，有一定比例的人只會用

卡布里的典型風景

「惡意作對」、「故意傷害別人」來表達「很悲傷」、「很寂寞」。這真是何等可悲的習性啊。

我經常對此感到不可思議，但仔細想想，我媽也有這樣的個性，或許那在人心的反應中是理所當然？

我自己反倒是「徬徨無助時會變得更安分溫馴」（世上也有一定比例的這種人），我認為這同樣有好有壞。因為更容易拖累到周遭人，說不定會給人造成很大的麻煩。

不過，每個人各有發洩的方式，只要找到適合自己的方法就好。

但，兩者都可以說，無論是哪種類型，如果變本加厲成了生活中的習慣，這種人絕對不可能成為大富翁或公司首腦。

我是那種盡量避免和階級制度或少數權力者支配財富的話題扯上關係的人（關於這點我只堅信智利導演尤杜洛斯基的思想），看到感情偏激的人無法成為人上人，我總會想，這個社會說不定其實還是公道的。

如果看到某人「品德如此高尚竟然只是一個無名小卒」，那多半是當事人自己求仁得仁，通常那就是他自己想要的位置。

我不得不想，或許這世界意外正確？

若想得到自己企求之物，「不把自己的情緒波及周遭」堪稱是必要條件。

富二代社長敗家的例子常見，或許也是如此。

常見又哭又叫如惡魔的女人身邊男人不斷，但就長遠看來，我想那種關係不可能穩定。男人沒那麼傻。不過，「她不能沒有我」是任何男人都會有的念頭，就像最後王牌一樣，男人都是根深蒂固地這麼想，所以如果是徹底的魔女，說不定可以意外釣到金龜婿。

36 ＊譚君（タムくん）：泰國漫畫家 Wisut Ponnimit 的暱稱。

37 ＊勝井祐二：北海道人，電子小提琴手。非主流唱片公司「幻影世界」負責人。

卡布里的頒獎典禮，現場演奏

如果仔細想一想

◎今日小語

我絕不是要推薦什麼特殊療法或要強調非得怎樣做才行，只是打從之前就有某個疑問。

身體不適，某天去醫院做檢查，發現病症。在聽到結果的幾小時前，雖然不舒服，但並未意識到自己生病。

可是，一旦聽說後頓時就變成「病人」。

比方說氣喘發作緊急住院，骨折被救護車送去急診。得救了！

這我還能理解。

奧澤「御門」的螃蟹蘭

可是，如果不是這種情況，總覺得有點不可思議。

因為身體狀況明明和之前的自己沒什麼差別。

雖然我自己一做完內視鏡檢查就去吃「Hashiya[38*]」的蛤蠣辣椒義大利麵也值得商榷……

提到這種穢事很抱歉，但如今在我家已成常態，往往我在寢室呼呼大睡，醒來一看，就會發現狗屎。

如果這時我「還是繼續睡吧」躺著沒起來，狗屎也就那樣繼續擱在原地。

可是一旦發現了，就會開始介意。

開始介意沒關係，問題是過度介意恨不得立刻清除（當然會這樣！）

但是，但是，但是！

如果一旦醒了沒發現，如果一直睡在那臭哄哄的房間，那坨狗屎「等同於沒有」。

這麼講也很不衛生，況且應該早點發現才對——當然可以這樣處理，但還有另一種可能。

「沒發現就不覺得臭，所以大概會繼續睡，如果這麼想，清狗屎的時候也不用太神經質，慢慢收拾就好。」

就是這個！我不禁認為，和這個是同樣的道理。

慢慢思考，收拾到自己滿意為止，按照自己的步調生活。

◎小魚腥草

小澤君的勳章

小澤健二君[39*]創作並且演唱很棒的歌曲。他從年輕時代就帥氣又聰明，總是穿著得體又好看。

許多玫瑰花

羊肉麵與姊姊

上次見面，小澤君和妻子的右肩，都有雪白的污漬。
污漬當然會出現在同一個地方。
因為那是抱小寶寶時會沾到口水的位置。
我看著他帥氣的黑色帽T上那塊污漬，感慨萬千。

那不是污漬，是人生最辛苦時，最幸福的勳章。

這種日子要持續到什麼時候？累死了，好苦啊，好想一個人自由自在活動啊——
當時滿腦子這麼想，已顧不得其他。
然而時間轉眼飛逝，那塊地方再無痕跡。甚至令人落寞。

以前我不知道該怎麼抱嬰兒，很害怕，滿心只想著最好別叫我抱！（但剛出生毛還是濕的奄奄一息的小貓我卻敢碰。差別待遇）。

但現在只要看到小嬰兒就想抱。結果小澤君的寶寶被我弄哭了，但我的衣服也沾上那白色痕跡，讓我很高興。

我看過很多人抱著我家小寶寶，被沾上口水後，真的覺得很骯髒似地急忙擦拭。一方面覺得對方那是理所當然的反應，卻忍不住又想，非得那麼急著擦乾淨嗎？

不可思議的是，那種人都離開了。想讓我請客或想利用我的人不知不覺消失無蹤。

當日我的小寶寶啊，謝謝你。

◎不思芭娜

復原

我覺得很不可思議的是，Purimi 恥部[40*]先生的名字這麼怪，卻是大好人。

我一直在觀察他，完全感覺不到他有什麼不可告人的本性或色慾。我們也會一起吃吃喝喝散散步，他和卑劣貪婪從來沾不上邊。

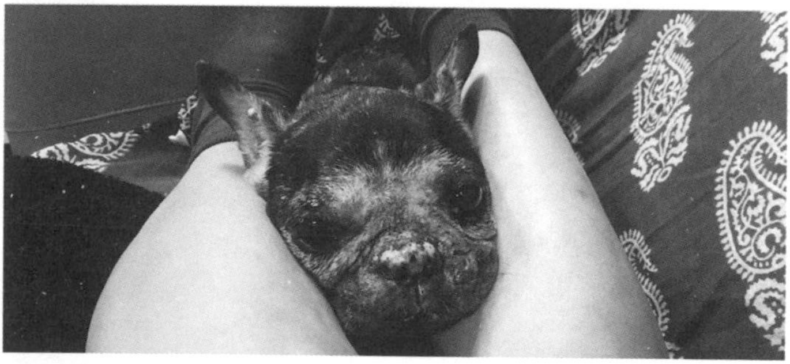

睡在我雙腿之間的小花

也曾和他對談[41*]，無論我丟出什麼樣的球，他都能正確做出反應，那種聰穎甚至令我感動。和森博嗣老師的聰明是截然不同的另一種邏輯性，但兩者都給人一種堅定不移之感。這是真正知性的人的特徵，他們看事情的觀點總是多面且冷靜。

無論是他的睡衣或舌頭的話題，有很多容易被誤解的設定，但我想他大概是要藉此篩選出即便如此還願意來的人吧。

那肯定是上天（宇宙）才能決定的，不是他自己想出來藉此賣名的主意。

他不批判，也不挑選。

想必有很多感受與想法，但他從不強迫推銷。

我記得自己半信半疑地第一次接受宇宙按摩時，背部發熱的同時，眼前出現種種影像。一會是過世的父親站在眼前，一會懷念地看到恥部先生彷彿來自前世的身影。

我徹底明白了身體與累積的疲勞和失衡的關係。

那和我丈夫從事的羅夫結構整合療法[42*]很像，絕非精神或執念的問題，透過身體部位可以正確發現，囤積在那個地方的舊情緒有所不同。就好像這種情緒以前都是被胃部或腰部承受。那種正確的對應甚至可以透過圖解知道。

看見前世影像這種特異功能，用理性邏輯去分析也很簡單，大腦大概是從知識的汪洋找出「眼下這個狀況可有類似事例？」的資料，替換成某個時代某種人物的形象。只不過嫌麻煩才採用「前世」這個概念。

我與恥部先生在那個前世影像中，專心埋頭修行。是所謂無言之行。彼此都把對方視為朋友非常重視。我是師傅的女人之一。恥部先生是男弟子。

接受宇宙按摩，會哭泣，酣睡，或者感到幸福，反應形形色色，但是感到「這個不得了，剛剛好像有什麼貫穿腦袋」的瞬間，同時也聽見驚天雷鳴，非常有意思。感覺就像去了很遠的地方進行精神之旅。冥想一定就是想達到那種感覺吧。

另外，我經常看見棒球或棒球比賽的影像，一問之下，據說是《生命之花》[43*]的圖形和展開法送到我的第三隻眼，那極似棒球的形狀，所以能夠接收到據說是好事。我這人，到底在搞什麼？明明花了那麼多心力閱讀該書學習，居然先想到棒球……。

我每天做各種事，累積了各種陰暗深刻的雜念，現在被恥部先生撩起——這麼寫好像在講性慾，但也許宇宙按摩就是一種靈體的交媾。說不定那是神事，就像偶像團體粉紅淑女唱的〈UFO〉歌詞（笑），或許其實根本不含色情成分。因為很少有男性無色慾到如此地步。他身上只有鑽石般的愛。

看他出版的第一本書[44]，據說他的體質很容易被附身，我想能夠把那種狀況與人生的妥協看得這麼樂觀，這本身或許就是一種修行。

透過截然不同的道路成長，我們相遇。

我實在無法否定「為了日本」這個誇大的說詞。

彼此各自站在不同之處。

偶爾打照面。發現彼此安好無恙，於是覺得自己也能繼續走下去。

有難時就靠彼此的才能互相幫助。

雖然只能做到這個程度。

接受宇宙按摩，讓我的心靈找回原有的開朗。對了，我原本是這樣的人。雖然很多缺點，但以前是這樣沒錯。怎麼會迷失了自我呢？是因為發現了那種事？也發生過這種事呢，不甘，悲傷，寂寞。但用不著逐一回想，因為，現在歸現在！以前老子苗條得很呢——我終於可以這麼想。
那不是改變。只是復原。
除了復原之外，別無方法治療人類。

與恥部先生合照

38 ＊Hashiya：代代木八幡的義大利麵餐廳，東京都澀谷區富谷一丁目三之十。（編按，現已歇業。）

39 ＊小澤健二：創作歌手。http://hihumiyo.net/

40 ＊Purimi 恥部：本名白井剛史，從事宇宙按摩，演唱宇宙 LOVE 的歌曲。

41 ＊對談：Purimi 恥部的宇宙漫談 Vol.15 吉本芭娜娜篇。http://www.hmv.co.jp/news/article/1604190019/

42 ＊丈夫從事的羅夫結構整合療法（Rolfing）：田畑浩良，一九九八年得到美國 Rolf Institute® 認定為治療師，之後提供 Rolfing® 的個人教程及工作坊。http://www.rolfinger.com/

43 ＊《生命之花》（*Flower of Life*）：德隆瓦洛．默基瑟德著，讓我們想起自己究竟是什麼，啟發新意識，開啟新人類到來的可能性之門的心靈聖經，二〇〇一年 Natural Spirit 出版。

44 指《樹 Pita》，二〇〇七年文藝社出版。

重新來過

◎今日小語

基本上，我從不參加婚禮或喪禮。

雖然偶爾會出席重要親友的守靈夜。

明明是為當日主角們舉辦的聚會，如果我去了，多少會引起一點騷動，身為小小的名人，如果別人來找我合照會很麻煩，叫我上臺致詞更麻煩。所以我乾脆都不去。

這樣的我偶爾出席了一場婚宴，新娘子父親的致詞非常感人。

新娘的父母已離婚，父親大概不住在附近，為了這次婚禮才特地趕來。

「Tit-chai」泰國餐廳的粉絲

他的致詞內容大略如下：

「高中時，我女兒學數學有個地方就是不懂，從此再無起色。因此，我陪她一起從課本的第一頁重新學習。回到最初，逐一仔細學習，最後本來不懂的好歹弄懂了，終於可以繼續學下去。如果今後在婚姻生活或人生發生同樣的情形，只要回到最初就好。只要回到最初一一思考破解難題，必然會豁然開朗，不知不覺就能繼續向前走了。所以不需害怕，就和那時候一樣，如果卡住了，就回到最初重新思考。」

就是這樣的內容。

這麼棒的道理，雖然單純卻精彩的真諦，不是隨便誰都說得出來。

這對新人的家世良好，所以也有類似國賓級的人物上臺致詞，內容當然也很精彩，但我覺得新娘父親的這席談話絲毫不比其他貴賓遜色。

有時，發生某些事情讓人覺得不知道如何是好時，我就會想起這位父親講的這番話。

他的贈言甚至能撫慰別人的女兒，而且字字真實，不得不說，這是位令人敬佩的好父親。

正因如此，他們夫妻的離婚，想必也是不得已，有嚴重的問題吧。我可以衷心理解。

那場婚禮同時讓我記住的，不是來賓也不是新娘的婆家，是新娘的父親只想傳達給女兒一人的那種真摯眼神。

那是讓人忍不住想回嘴吐槽「爸爸自己不也離婚了」、「都已經沒有一起生活了」，蘊含關愛，堂堂正正，充滿力量的眼神。

我深深學到，若要給踏上人生旅途的孩子贈言，就該這樣才對。

◎小魚腥草

薰臍

經營薰臍治療院的這家人，具有為治癒人們而活的強烈意識。

總是溫言軟語，不慌不忙。

即使對方說錯話，他們也不會直接說「不是那樣」。他們只會含笑提醒：您說的或許有理，不過，我們這邊的紀錄是這樣喔。

接受薰臍時不能動。

把艾草放在肚臍眼，再放上薰臍器，動也不動地溫熱肚臍。手機、書本、電視通通不能看，但可以睡覺。什麼都不做就像在冥想，我認為那種時光也很重要。

躺著不動，可以感受到守在門外的女員工們有多麼貼心。

她們彷彿在說：有什麼問題我們立刻會到喔，每七分鐘一定會去看一次您薰臍的狀況喔。

父親剛過世時，我很憤怒。

臺北的飯店的可愛蛋糕

對醫療，對周遭眾人，對自己，對發生的一切。

也覺得自己好像犯下無法挽回的失誤。

當時我去臺灣薰臍，不停對並排躺在同一個房間接受薰臍的朋友講這件事。

如今想來，那種憤怒大概正是悲痛的表現吧。

朋友固然有耐心地包容我，薰臍店的員工們也很體貼。

完全沒有叫我「不要講話，好好休息」。

大概是看我那樣子，才如此判斷吧。

她們那種體貼，我大概一輩子都忘不了。

我也想起兒子還小時，經常跑來薰臍的房間看熱鬧。

薰臍

他小小年紀就愛泡腳，所以我只讓他做足浴。
那種時候，薰臍的員工們也絕不會說「不能泡！」或「小孩子最好不要足浴」。
而且她們從來不曾不耐煩。
我認為那才是處理人們健康的從業人員堂堂正正該有的態度。

那些人在門外等候。
七分鐘後溫柔地來換艾草，輕輕替我蓋上毛巾被。
我就這麼半夢半醒，彷彿又變回嬰兒。
就像那個毫無所懼的時候一樣安心。
然後我被治癒。復原。

◎不思芭娜

只能眼看著事物走向破滅的時候

犯罪或欠債之類的事情也可用這種看法應對，而且這或許也是對生活中種種問題最貼切的譬喻。

起初的破綻很小。
經營公司也可套用這個例子。

啊？怎麼搞的？一點也不像你平日的作風，這樣不對吧？
這麼告訴對方後。
啊，抱歉，我一時大意。
我沒睡好。
我失戀了。
我在想別的事情。
那樣的小問題用以上這些說詞便可彌補。

但那個漏洞，慢慢擴大。
扣錯的鈕扣越到下方越離譜。
感覺像是打毛線漏了一針，最後演變成無法填補的大洞。

一切塵埃落定後回頭想想，必然會找到當初那個小破綻的源頭。

原來那個人，打從那時就不對勁了。

那種人也不是只會做不對勁的事。在那個人出現破綻的期間同時也做了不少善事。

那種功德的累積一點一滴幫助那個人，發出微光，可惜那就像得到區區一百圓也會立刻花掉，微光的能量無法持續。

附帶一提，厲害的人物，或者看起來毫無破綻的人，基於本能會把一百圓留到將來。

搞笑藝人卡茲雷薩功成名就後也不改原本生活，依然住在小房間，正是這樣的行為。

啊，那個人，有點出紕漏。

這次的失誤，相當嚴重。但願之後不會有後遺症。

這種時候，周遭的人頂多只能應其所求給點建議。因為那畢竟是那人自己的人生，自己的問題。

外人只能旁觀。

基本上，當事人總是執迷不悟地視而不見，充耳不聞。

而且往往越發頑固，每況愈下。

只盼那人在釀成苦果之前趁早發現……但在精疲力盡下，往往會執拗地試圖用錯誤的方法重振江山。

對當事人而言，心情大概是「我這麼努力，也做了很多善事，又沒做壞事，落到這種地步太沒天理了。管他是上帝還是佛祖，誰快來救救我！最好是自己的伴侶或戀人能夠察覺」，但是問題通常在於太疲憊，本來只要休息便可康復，可惜往往拖到已經無法休息的地步。

或者始終頑固不肯正視的東西已變成大山，於是越發梗著脖子不肯去看，或者佯裝沒看到山只顧著讚美河川，故意轉移注意力。

這種時候會靠過來的只有騙子，此人正好成了被宰的肥羊。

這樣的時候，只能全盤清理，盡量縮小再縮小。

只能胼手胝足，逐一仔細去做。

比方說，我自己，回想起第一次出書收到版稅時。

現在的我不可能還滿足於當時的收入，所以無法拋棄三十年的資歷，只是心情回到當初。

「哇——每次去打工的書店，平臺上竟然放著我寫的書！」

我想起那時在打工休息時間看到的情景。

而且那幕景色，宛如蜥蜴，宛如草鞋蟲，忠實地緩緩走過。

難得有這樣的還原機會，真好——抱持這樣的樂觀，不偷懶不摸魚，緩緩爬行。

下次跳起時看到的景色，想必和之前全然不同，已飛到更高處。

感冒生活

◎今日小語

我好幾年沒這樣重感冒了。

原本過於自信以為「最近連感冒都沒得過，我很走運喔」的傲氣頓時受挫（根據教我做日本木偶的師傅說，實際上今年鞍馬山的天狗鼻子[45]就因積雪過重真的被折斷了！）

起因大概是年底時，長年累積在下顎的緊張，被濱野紗織老師[46*]（老師是大美人，光是看著她已大飽眼福！）施術解除。

從那天起，體內好像不斷變化，加上年底忙碌，感冒病毒好像就趁隙而入，而且疼痛也從最深處紛紛冒出來。

冬日群樹

高燒不退，一直咳嗽，老實說我懷疑到現在都還沒好。偶爾還是會一陣猛咳。

感冒最麻煩，平時習慣彎腰駝背的人一旦感冒，不感染到支氣管就不會罷休，相當棘手，即便如此還是感冒好。否則這種體質的人最後會駝背，容易得結核和肺炎。如果有痰，那是身體水分不足，但就算猛灌水也不會吸收，所以必須先含在嘴裡再吐掉，然後再小口小口慢慢喝……我反覆閱讀野口晴哉醫生寫的《感冒的效用》。一邊不停咳嗽。

老師替我鬆下顎時，讓我想起我的下顎附近起初出毛病時的種種。

當時父親即將過世，我天天經過流感病房大樓旁，所以被傳染了二次流感，罹患非常疼痛的中耳炎（位置太糟糕，只要車子稍微晃動，就劇痛得想尖叫），發高燒，臉部腫脹，下顎無法動彈，據說是因為當時太想克服父親過世的難關，用力過度，於是下顎就變得如此僵硬。

隨著下顎放鬆引發的這場重感冒，想必也是必要的時期。歲暮年初雖然工作沒那麼忙，但照顧我家的狗還是累到了吧。我如此反省，並且心想，一天都已經睡十一個小時了，到底還要睡到多飽才能讓自己健康！

不過，這次雖然時間拖得久，並沒有因為感冒而心境消沉，況且這次一顆藥也沒吃還不是康復了！抱著這樣的感慨，實在坐不住，一下子覺得抱病做些工作也是不得已，一下子想著今後要好好活用這種發現。

身體出現大問題之前，能夠有時間這樣思考真幸運，我不禁對感冒萌生溫情。

每次排隊或等座位或去買票的時候都很煩，很想放棄，這時附近的音樂酒吧「440」的店長和店員非常好心地送水給咳嗽的我，讓我萬分感動。

治療下顎的那個晚上，儘管痛得無法咀嚼，可自己到最後還想吃生火腿和烤雞。甚至像要強調「這是消毒！」似地喝了一杯又一杯氣泡酒。連我自己都很佩服自己！

◎小魚腥草
吟味當時

店裡的老太太替我端茶來。
老太太拿來茶杯說，「我也來一杯。」從我的茶壺倒了茶逕自端走。
她女兒很惶恐，拚命向我道歉：
「對不起，我媽有老人失智症。」
我邀請老太太一起喝茶，她說聲「是嗎？謝謝」就安然飲茶。
對了，失智的人，說不定以前年輕的時候，一邊端茶給客人一邊在心裡想著「我也好想喝」。
看著大家泰然自若地從身邊人的盤子夾起什麼吃。
或許她的人生曾經勉強壓抑「我也好想

立教大學的學生餐廳，真好看

那樣做」的念頭。

老太太又回來了，接著又端了一杯茶離開。

她甚至還抱怨「茶沖泡了幾次已經沒味道了」，我不禁笑了。

她女兒越發不安，氣氛乍看有點尷尬，但我其實很開心。

我想起父母在世的最後時光，那短暫的和平歲月的混沌重現心頭。

我就像吃點心般，品味那混沌的幸福。

老人家就算明天出什麼事也不足為奇。可能會跌倒，或者稍微住院幾天就能回家，感嘆著「這次還好呢」，那是上天賜予的短暫時光。

某年某月某日倒下了，再也不會從醫院回來。

可能今晚是在家睡覺的最後一晚。

下次跌倒就再也不能走了，所以這是最後一次散步。

如果神這樣事先告訴我們，就可以安心怠惰到那天為止了。就可以撒嬌了。

誰也不知道那會是哪一天，因此最後那段日子總是有點捏把冷汗，感覺格外寶貴。彷彿背後的山上已有死亡氣息逼近，而我們正圍繞著篝火，那樣的時光忐忑不安又溫暖。

◎不思芭娜

跳出框架

我很少和某個朋友單獨出門，某天和她約好碰面時不巧發高燒。會面期間，我發現她始終惦記著我的身體不適。當然主要可能是因為我燒到三十八度半，整個人像煮熟的章魚一樣紅通通，但不知為何我就是知道，此人對我沒有抱著任何期待。不期待我逗樂她，不期待我請客，也不期待我開車送她回家。她只是保持本色陪在我身旁，也沒有多說什麼擔心的話。

所以我才能安心。

去臺灣的期間也一直臥病在床，不太能

立教大學內

和同行友人一起行動，但我可以安心躺著養病。

和前述的朋友不同，這次同行的朋友向來非常照顧我，但當我渾身發軟地浸泡高溫的浴池時（據野口醫生說，這是治療感冒最有效的方法），朋友並沒有阻止我。

我頭暈目眩差點跌落電扶梯時，也是朋友拉住我，甚至讓我差點愛上他（笑）。

正因為自己也覺得「必須回報他人的期待」，所以周遭才會都是對我抱著期待的人聚集。我不禁再次深思所謂的吸引力法則。

我自認現在展現的是自我本色，毫無矯飾，坦白說，真的什麼都無所謂。我隨興地認為，別人怎麼看我不重要，那種必須盛裝出場的地方不去也沒關係。

就連家中常有狗屎我都覺得無所謂。志村健的搞笑節目「笨蛋殿下」裡，上島的那句「太麻煩了啦~」就是今年自己的寫照。

正因如此，周遭的反應也跟著轉變了吧。

無論活到幾歲，都可以恣意改變，這就是人生有趣之處。這種事，記得 Purimi 恥部先生態度尋常地說過，只要改變基本程式就行了。

不過，把「怕麻煩村」的村民上島設定為基本程式好像也有點那個……

45 日文以天狗鼻形容驕傲，天狗鼻折斷形容傲氣受挫。鞍馬山傳說中有天狗出沒，當地有巨大的天狗雕像。

46 ＊濱野沙織：針灸師、量子波治療師。紐約的自然療法醫生兼能量治療小林健醫生的弟子，「本草針灸院」負責人。

立教大學學生餐廳的天花板也很美

下定決心

◎今日小語

以前住在我家附近對我很好的老太太，如今高齡九十七，據說現在得依賴日間照顧服務，於是我去探望她。

老太太雖然有點不良於行，精神倒是很好。

聽說她去年一度病倒且不幸骨折，所以我很擔心，本來已經有點不抱希望了，但她說，「在日間照顧中心吃到營養均衡的午餐，以前覺得很蠢不肯做的簡單運動，現在也照人家說的做，一星期還有兩天幫我洗澡，所以健康多了。」

「自己都放棄就完了，吃好吃的，一邊想著要是死得很乾脆就好了，一邊不放棄希望，這很重要喔。」

老太太做的豆皮壽司。沾了一顆飯粒很可愛

「看護之中也有怪人喔，多得很。老是翻舊帳抱怨，還有人一直說被繼母欺負過。我忍不住告訴對方，那麼久以前的事不重要。不過也有交到好朋友喔。」

「雖然叫我努力到奧運[47]，可我說奧運跟我又沒有關係。」

「替我洗澡的是女孩子，我說前面我可以自己洗，但她說這是工作，還是照樣幫我洗。所以，老頭子都是男孩子來服務，偶爾碰上女孩子服務時，那些老頭子就高興得不得了，我看肯定可以多活好幾年。」

老太太那種江戶人特有的幽默談吐依然健在。

「我告訴你，拿手的事情就要盡量去做。以前那個時代需要的是均衡發展的人。可是現在時代不同了。其他的都不會沒關係，只要拚命做一樣拿手的，立志把那一樣做到最好，那就可以成為職業。你爸媽都是好人，也都是這樣做的，所以沒問題，你一定做得到。」

老太太這麼告訴我兒子時，眼中的光芒，蘊藏「這或許是最後一次」的緊張感。

「我去日間照顧中心的時候，我女兒可以不用擔心我，去做她自己的事情，也可以去照料我外孫女生產。這是我最高興的。因為我不想拖累我女兒。」

「既然如此，我想再撐三年，活到一百歲。不能想著『但願還能活下去』，必須下定決心『我就是要活下去』！」

這樣的老人家，會讓人見賢思齊也決心好好努力。如果我到了那個年紀，肯定會含淚想起「那位老太太當初原來這麼辛苦」。

能夠遇見這位老太太，是人生的珍寶。

老太太做的豆皮壽司，明年或許吃不到了。但就連這種念頭，對眼前活得好端端的老太太都很失禮。她就是讓人覺得有這麼了不起。

附帶一提，她是道地的江戶人，一流的江戶人對話有種特殊的技能，表面的對話（在這方面也不能馬虎，必須全神貫注愉快對話，而且話題要有頭有尾）與暗默的對話同時進行。

所謂暗默的對話，就是一邊洞察「差不多該走了吧」、「如果再吃下去太失禮了」、「這家人當中，這人和這人感情比較好，可是和那人就沒那麼好」，一邊佯裝不知情，繼續開朗的對話，彼此都沒挑明，只在心中互有默契。如果做不到這點就會顯得很不長眼，做得到的人就會彼此更加信賴。就是這樣的技能。

和京都、金澤截然不同，但大阪雖相似卻又有點不同，每次見到老太太，總讓我想起江戶人的對話精髓。

◎小魚腥草
平凡最好

老太太去年和今年都一再對我們一家這麼說。

到了這把年紀，深深感到平凡才是最好。

做不到的事情日漸增加，和襁褓時正好相反，昨天還能做的事今天已做不到，把自己嚇一跳。

而且，自己其實也不是每天都很開心。有時會想著「今天一事無成呢，好無聊啊，人生並不見得比別人愉快呢」就這麼睡著。直到發生狀況，以往能做的

女兒節雛人偶的器皿

某天再也做不到了，才會發現那原來也是一種幸福。
會認真渴望回到抱怨的那一天。包括那種抱怨在內，能夠結束平凡的一天才是最大的幸福。
只要明白這點，就不會有錯。
人生當中，也有過種種不可思議。也發生過匪夷所思的事。但是，比起那些，晚上一如往常在自家安眠，結束理所當然的一天，這才是最重要的。
活了九十七年，終於達到這個境界，人類是多麼美好的生物啊。
我父親晚年也這麼說過。
「我們家是很平凡的家庭，毫不特別。但是擁有普通的幸福。能夠說出『遠道而來時請務必來寒舍小坐』，比寫出任何厲害的小說都了不起，到了這個年齡，我特別明白這點。」
這是有過種種精彩體驗的偉大長者們說的話，所以絕不會錯。醒來，不求特別，只是這樣尋常活著，如此一來，當我年老時，肯定也可以懷著衷心的感受，同樣對後生晚輩說出同樣的話。我想，那就是我的人生中，非常偉大又平凡的夢想。

◎不思芭娜

生命力

我家的狗半夜吐出幾乎等同她身體大小的嘔吐物，什麼都吃不下時，我把她最愛的蘋果咬下小小塊餵她，她照樣毫無胃口地撇開臉，只是躺著不動，那時我心想，唉，或許沒救了。

明明昨天還拚命跟在我後頭，如果我在二樓工作就跟到二樓，我下樓去客廳就跟著去客廳，總之用爬的也要一直跟著我。明明只要一拿蘋果給她看，她就會從床上跳下撲過來。明明半夜還跑來纏著我，要我枕畔抽屜裡的蜂膠膠囊，爬到床上想和我一起睡。

我回想著這些哭著睡去。

結果早上醒來一看，她脖子周圍和肩膀的大腫瘤已經變小了。

不知道為什麼，那四個壓得她肩膀動彈不得的大腫瘤，幾乎完全消失了。

是癌細胞死掉後在體內吐出毒素嗎？抑或只是到了生命最後階段，一切都會縮小？我不太清楚。

但總之，她又可以動了，也能吃飯了，又開始搶著要蘋果。甚至可以跟著我走路了，夜裡又開始向我討蜂膠。

到了這個地步還能復活到這種程度，真是太厲害了。看到她渾身充滿生命力試圖活下去的毅力，我很感動。

如果是人類，八成已經心灰意冷死氣沉沉了。

我知道她只是憑著想和我一起、想和家人一起，還想繼續活下去的念頭在努力，所以滿心只有感謝與尊敬。

即便得到處跟著擦拭家中散落的排泄物，只要想到她如果不能排泄就真的要訣別了，便只剩下感恩，絲毫不覺得厭惡。

能夠保持只有感謝與尊敬的關係，同樣值得感恩。

不可能有這種事，這是白日夢，是神話，只看到事情好的一面——但這世上的確有能夠掃除那一切懷疑的事物存在。用不管誰用什麼眼光看都不會改變的明確方式屹立不搖。用那個人或動物自己決定的存在方式。

不管是人或動物，遲早都會死。

正因如此，那種方式的存在本身就是希望。

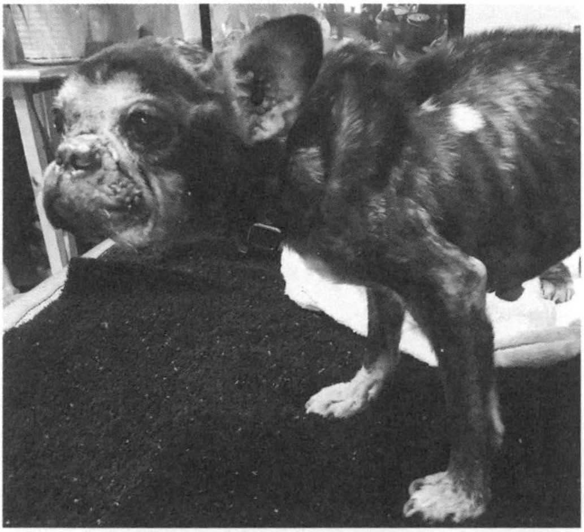

小花

英俊的威廉

47 東京將在二〇二〇年舉辦奧運。

所謂的尊敬

◎今日小語

從事這一行，我得以接觸到普通上班族絕對見不到的眾多人物，以及令人衷心尊敬的名人與沒沒無聞者。

名人藉由達成某種成果，在過程中因應必要成為偉大的人物。透過經驗或創作，得到能夠對應各種事物的某種本領，即便有所偏向也不會造成汙點。

而沒沒無聞的市井小民之中，也有很多人全身都散發出「從來沒有迷失自我」的氣質。

這些言行值得尊敬的人們，讓我不由得感到就是支持我創作的力量。

牆上這些菜單，無論是字體或內容，不覺得都很理想嗎！

我的人生中第一次遇到壓倒性值得尊敬的人，是我小學時的好友，佐久間同學。任何時候都從容不迫的她，也被周遭的人另眼相看。

她從不招搖，總是處於自然狀態且異常冷靜，擁有光是存在就讓人想尊敬的某種特質。

記得她母親好像還提過，小時候，就算氣得跳腳把她從家裡趕出去或關進儲藏室，她也會神不知鬼不覺從後門溜出來跑回家偷吃點心，令人錯愕。

有一次，我和她跟著父親的友人們去滑雪。

各位想必也想像得到，對滑雪毫無興趣的我，很討厭嚴格的滑雪教練，一路嘮嘮叨叨抱怨著拖拖拉拉滑行。

而她的運動神經超強，可以在平坦的地方翻筋斗，現在也有攀岩運動，但當時那只是庶民老街的遊戲，對於可以空手爬上無處可抓的石牆斜面的她，滑雪當然也是一學就會，還有餘暇幫助我這個想必很拖累人的包袱。

回程的電車非常擁擠，我們被擠得站在車廂連接處的走道上。我秉持一貫作風

（和現在完全一樣）碎碎唸著「真討厭，真討厭」。

連我自己都覺得這角色簡直像人類學家卡斯塔尼達（Carlos Castaneda）一樣無藥可救！

但是，佐久間同學保持沉默，始終站著不動。她只說，這也是莫可奈何。

事後一起站在那裡的父親說：

「那種時候，妳能夠坦率抱怨的這種個性也很好。那會讓人心情放鬆，況且誠實比什麼都好。不過，看到佐久間同學有耐心地站著不動，我想她小小年紀必然已歷經坎坷，真是不簡單。」

她的幼年一再搬家，也沒有一直和父母同住，的確經歷過很多波折。

父親有時不動聲色地袒護佐久間同學，有時主動找她說說話，後來也一直這樣做。

如今回想起來，那天，在擁擠的電車上，默默忍耐的佐久間和碎碎唸的我，以及冷眼旁觀的父親。雖然只是如此平凡的光景，想來卻很美好。

◎小魚腥草

追悼的祈禱

父親過世時，我的小學同學佐久間傳訊息來，說要參加喪禮：

「我小學的時候如果沒有妳父親，想必會很辛苦。所以我一定要去祭拜他老人家。」

我大吃一驚。

我和她現在頂多五年見一次面，沒想到她會這樣特地趕來。

父親認可佐久間的優點，庇護她，期盼她克服痛苦好好活下去的心願，或許她都感受到了。

父親躺在棺木中，已然徹底死去。

如果真有所謂的靈魂（父親曾斷言

我還是喜歡樓頂！

絕對沒有），是否正冷眼旁觀大家趕來神情悲傷地上香？
這時佐久間淡然出現，雙手合十。佇立良久，我知道她正在心中默禱。望著她的背影，不知道為何很想哭。
父親想必也很感動。

事後，丈夫說：「那個人該不會就是妳常提到的小學好友？」
我說，「對呀，你好厲害，居然猜得出來。」
丈夫說：「我從未看過那麼虔誠的上香。能夠做出那樣的舉動，讓我覺得這個人很了不起。從她全身都感受到很了不起的東西。」

一如那天，父親在擁擠的電車上認可我的好友，丈夫也同樣看出好友的了

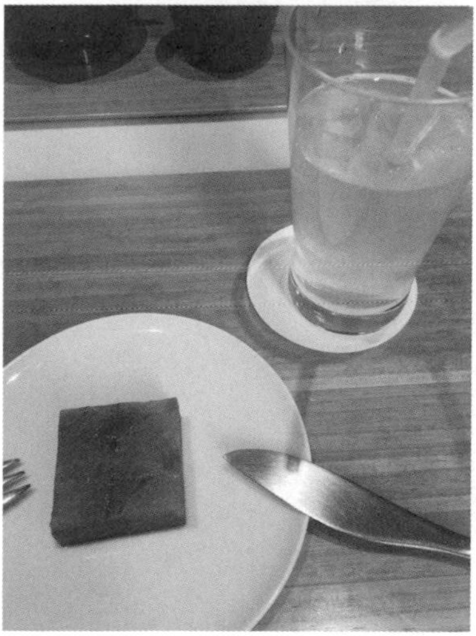

新潟的小點心

不起，令我深感驕傲。

◎不思芭娜
開放的心

我總想和知交好友黏在一起，從沒考慮過要在陌生的地方獨居。我就是這麼膽小。

如果小說沒帶我出走，我肯定哪裡都不會去。甚至會不會申請護照都是個疑問。

有時我會幻想。

如果我身邊沒有家人也沒有動物，是那種在現實生活中很強悍又好奇心強烈的人。

這時若有人邀我去墨西哥，或者邀我去佛羅倫薩住兩個星期替某財團寫一篇小說，我鐵定會喜孜孜地欣然前往。

說不定還樂不思蜀不肯回來。

在當地交朋友，或者談戀愛。

感覺像是踏上冒險旅程。

但是，小說家是一種非常埋頭苦幹的工作，如果四處見人、談戀愛，到處參觀冒險，就沒有時間寫作了。

冒險的當下肯定也會想：「好想趕快回去寫出這段冒險經歷。」

對，或許只有眼前這扇窗是通往世界之窗就夠了吧。做這一行就是這樣，沒辦法。

雖然憧憬冒險旅程，但我還是更喜歡把旅行縮減到最低限度，和眼前的家人與動物共度，默默埋頭寫作。

不過，至少我想刻意保持開放的心態。

我總會想起一件事。

前面提到我小學時的好友佐久間，在她二十幾歲的未婚時代，某次我們一起吃飯，她淡然表示：

「下個月起或許會因工作關係遷居仙臺。到底會留在東京還是去仙臺，下週就會決定。」

她的淡定令我很驚訝。

她有個即將步入結婚禮堂的男友在東京。

「那妳男友怎麼辦？」

「能繼續就繼續吧？如果不行那也沒辦法。」

她淡然回答。

「真厲害，如果是我，突然叫我一個人住在仙臺鐵定會很沮喪。」

我感嘆。

「啊？可是這不是很好嗎？我很期待耶。我最愛住在陌生的地方。想想挺有趣的。」

她以前和熱愛派對的表妹同住時，表妹天天在家開派對她也不為所動，也不參加，照樣繼續過自己的生活，果然不是常人。

無論身在何處，她依舊是她，照她的步調過生活。這點，即便她婚後有了兩個小孩也完全沒變。絕不是因為她寡情，也不只是因為她的個性腳踏實地。我總覺得她自有一片寬廣開闊的天地。

說不定，像她這樣才是真正有冒險心，或者該說是心胸開放？

不管出不出遠門，住在何處，和誰在一起，都能保有自我。有自信做自己該做的事。

或許那和「我要去某某地方！我想交朋友，也想談戀愛，努力工作！」已經完全是兩回事了。

佐久間這樣的狀態，才是開悟，或者說，有心理準備坦然接受未來。

若是那種開放的狀態，我想即便是我這種閉門不出的繭居族，或許有一天也能做到。

新潟的雪景

變化才代表活著的眞滋味

◎今日小語

現有的東西逐漸消失，那很可怕。

我們想必很快就會失去每個家庭中的固定電話了。年輕人的住處或許幾乎都看不見這個玩意。在我的記憶中甚至還有老式的黑色轉盤式電話呢！

昭和時代家中的黑色轉盤式電話，想必已成了找不回來的珍貴回憶。

紙本書將來大概也會變成珍貴物品。看我家小孩就知道，除了大型圖鑑和辭典之外，他已經完全不需要紙本書。即便我家書滿為患。

不過，那也是理所當然吧，他從小就看平板電腦長

無花果的葉子散發無花果的香氣

大，如果他問我幹嘛要叫他特地換成紙本書閱讀，我也能理解。畢竟時代已經不同了。

現在每個家庭各以喜好的方式管理電視和錄影機這類電器用品，還有，現在電影及電視劇也可用DVD或藍光影碟的方式觀賞或訂閱。還有Amazon和Apple、Abema、TSUTAYA、SKY Perfec TV! 等等網路影音平臺。

我們以各種方式挑選觀賞節目，但如此一來，電視臺的功用自然不斷減退。如果我家是靠「今後絕對會漸漸消失的行業」（說不定小說家就是，我認為最好經常保持這種危機意識）維持生計該怎麼辦？我經常認真思考這個問題。

不用生活奢侈沒關係，但至少要有住的地方，能夠養活家人，寫我想寫的小說——為此我能做些什麼？

過去我的工作非常自然……寫稿，交稿，校對，出版，宣傳，收到版稅……但是，我強烈感到這一連串流程漸漸變得艱難。

最近，「刊登在雜誌上可以得到廣告效應，所以就算耗費長時間寫稿也拿不到酬勞」已經成為常態，嚴重的時候出版社還得付錢才能刊登在雜誌上，問題是！這年頭到底還有多少人花錢買雜誌這種東西閱讀？等到現在的孩子們長大成人時，廣告恐怕已經完全從各大紙本雜誌上消失了吧？

但是，現在如果去超商，還是有「恐怖！近在身邊的真實靈異事件」、「婆媳鬥法大特輯！」這類雜誌存在，也有人頻繁購買，所以狀況真的很混亂。

我個人必買的紙本雜誌（多半是基於圖片很大令我很滿意這個理由）只剩下五本了。

所以出書的那套理所當然的程序已變得非常遙遠且懷念，當然那是我已經習慣的流程，也曾以為理當持續一輩子，但即便如此，我想，也差不多到該告別的時刻了。

或許會留下一部分，但我無法判斷會是哪部分留下。

剩下的，或許只有與優秀編輯充滿感謝的來往。

但只要還有一個人肯閱讀小說，我想我還是會繼續寫。因為想把自己辛苦鍛鍊出來的技術貢獻給他人是人的本能。

另外，雖說可能還有一些職業會逐漸消失，但是像牙醫或口腔衛生師這種技術優秀的人，必然會以另一種形式被需要，被留下。

和計程車司機的交談曾經給我留下有好有壞的回憶，但那樣的時代恐怕也會隨著無人自動駕駛的出現慢慢走向結束。

還有，今後日本的演藝人員，或許會全面扛起作家、演員、女明星、喜劇演員（現在已經是了）……總之是所有文化人的角色。如此說來「想成為那種人的話先當藝人」的時代，並非不可能來臨。

基本上，我出生時就連個人電腦都還是遙不可及的夢想。

就算生在如此劇烈的變化中，也不能一味緬懷過去，只想回到過去。

我們必須傳承過去的優點，隨時觀察潮流趨勢，也希望是如此。因為，變化才是我們活在世間的真滋味。

我們必須好好辨別只有人類能做的事，觀察時代。

現在，比起任何書店員工和報章雜誌，亞馬遜網站的ＡＩ更能給我正確的推薦書單。雖然可悲，但這就是事實。

不過，我還是很喜歡去我家附近的書店和店員聊天。兩者皆可選的現在，只能自己判斷最適合自己的狀態。

我想這就是人生。

現在可沒有閒工夫去笑話老太太們無法應付各種錄影機器，或不會使用智慧型手機。我們切身感受到變化不斷來臨。

如果沒感覺，那是因為身處欠缺危機感也沒關係的狀態，所以無妨。雖是少數，有人遵循老派方式過生活也是一件好事。總之，我認為多樣化正是文化的豐饒。

從事某種事業，獲得成功，成功帶來財富，可以上高級料亭，和有錢人來往，打高爾夫球，閒暇時有了娛樂消遣，於是閒暇時間變得更快活，就算在料亭喝酒時公司忽然發生什麼問題也不再想立刻趕回去，只想委託別人去處理。逐漸把引進非常麻煩的新器材、仲裁糾紛、人事問題等等通通交給他人……我看過太多中小企業的老闆都是這種典型的破滅方式。

當然也看過很多始終認真且討厭變化的人，我認為那當然也是一種生存方式。不過，總是喜歡嘗鮮、熱愛站在第一線、樂於工作的人，無論在哪個時代畢竟還是最強大。

◎小魚腥草

小小的祈求

欸，為什麼那個計程車司機，明知老太太小跑步追來敲他的後車窗，卻無動於衷地絕塵而去？

我猜他絕對聽見敲窗的聲音了。是因為正好停在十字路口？

但是，在十字路口猛然加速開走，把人撇在原地也太可憐了吧。

而且也很危險。

老太太都愣住了。

在她回家見到家人之前，這一路上肯定都會有點沮喪吧。

那個年輕的司機，難道不會有點良心不安嗎？

榿柳梅的白花

晚上睡覺時，心裡不會留下一點疙瘩嗎？
他的靈魂深處，鐵定會累積這樣的東西吧。

這種東西日積月累，哪天可能會在某處一齊反撲的預感，或許就被古人形容成閻王老爺斷案？

但願老太太接下來搭到的計程車司機是個好人。
但願老太太要去的地方，有好人對她溫言慰藉。

馬路對面的我，無法跑過去問「您沒事吧？」「需要幫忙嗎？」只能這樣默禱。
如果祈求變成大富翁或祈求能與大帥哥交往，我覺得那種願望就算再怎麼祈求也不會實現，但這個小小的祈求應該會實現。雖然不確定，但我有自信。
我想，一定會實現。

◎不思芭娜

經營者們

之前我坐計程車遇到一個有趣的司機。

他現年六十幾歲，是不動產公司的老闆。

雖說是不動產公司，但並不租給個人，而是買下大樓和大片土地賣給企業公司。

他說員工之中有很多人已經六、七十歲，要養資深員工很辛苦，但員工的妻子們說「社長，如果讓我老公離職一定會老人痴呆」，所以他只好繼續僱用。平時其實自己也有專用司機。

不過，這樣自己開計程車，是因為這個工作最能夠看清東京的土地。現在哪裡有潮流趨勢，哪裡聚集了人潮，哪裡沒落了，自己開車就一目了然。而且可以免費從各種人的口中聽到那塊土地的狀況。這點很有趣。所以才能有今天的成功。

「非假日的時候自己開車視察不行嗎？」我問。

結果他說：不太一樣喔，這樣隱藏身分收集情報更刺激，而且對我而言，以計程車司機的立場看到的街景最精確。可以看見很多當我以社長的身分坐在司機開的車子上思考接下來要買哪棟大樓時看不到的東西。如果發現這一區現在有什麼東西正在聚集，我就專門跑那一區，大量收集情報。比起委託任何市調公司，更能看清楚車流和人潮趨勢。」

我想這家公司肯定是好公司。況且聽他的敘述，老先生們好像也是和年輕人一起工作。

聽這種人講話，會覺得他養活一群不太有工作幹勁的中老年人，有時因自己的判斷失誤造成重大損失……每天有這麼多冒險，經營公司一定很有意思吧。

還有一件事，雖不重要卻令我難忘。

當時我在大〇飯店的豪華大廳，坐在沙發上等候兼職駕駛。他來電說因為塞車所以必須晚點才能到，我無事可做，於是邊看手機邊和事務所聯絡。

坐在我背後看起來很有錢的老先生，穿著非常高級的西裝手持拐杖，雖在大廳卻公然講電話。感覺他好像經常出入這家飯店，所以看起來實在太自然，讓人對他的電話內容完全不在意。不過，這當然也是因為老先生幾乎都只負責點頭嗯嗯出聲。

最後的最後，老先生突然對著電話大聲怒吼：

「你這傢伙，又搞女人嗎！你要這樣鬼混到什麼時候！」

大概是身為繼承人的兒子不成器吧，八成老是因為女人問題惹出麻煩吧，真令人同情——在場全體都這麼想。

我家附近的樹籬生氣蓬勃！

唯有眼前的事物存在

◎今日小語

某天早晨，我夢見父親，不由驀然想到：

「剛剛我夢見父親了。而且現在就算回老家也見不到他了。因為父親已經死了。可是，這和當時生病的父親住在老家的時候不也幾乎一樣嗎？因為無論此時此刻我遠遠想念著他，或者思念著當時人在老家的父親，實際上在那瞬間我同樣都沒見到他。我的心中同樣有父親。唯一的差別只在於，父親的肉體是否在眼前，是否能接觸到父親現在的想法。」

某天傍晚，我在回家的路上想：

京都新建的平安神宮及「TSUTAYA」一帶

「等我回到家，愛犬還活著嗎？還能見到牠嗎？還能碰觸牠溫暖的身體嗎？還能看見牠眼中映現的我嗎？但那麼美妙的事已經來日不多了。這些年來我一直多麼幸福啊，我居然幾十年都以為那很平凡！但，現在我思念愛犬，和愛犬死後想起牠，有什麼不同？愛犬在我心中同樣一直睡在床上吧？差別只在於身體的溫熱，現在眼前的牠眼中是否映現自己，如此而已。」

我曾拜訪過檢見川某知名印度餐廳經營者一家的住處。

父親，母親，兩個女兒。

姊姊美貌能幹，妹妹活潑可愛。

一家人齊聚在客廳，和父親的客人聊天。全家不停對父親吐槽，笑聲不絕。

咦？就在不久之前，我也是這樣待在我的娘家。

那個家到哪去了？

已不在這世間了。

但是，在我心中，迄今仍有那個客廳。完全沒消失。現在好像還是可以臨時起意跑回去。

換言之，唯有「在眼前」這件事，真的真的非常不得了。

那是自己邂逅他人的唯一窗口，以及瞬間。他人在這世間存在的意義只在於那瞬間。

除了眼前的人事物以外，也全都是自己心中的那個人，所以就算被當作實際上並不存在也無妨。

其實現在根本不是看手機的時候，也真的沒空去思考他人。

因為思緒中的那個人，和死去的那個人，就某種角度而言並沒有太大的差別。

我們在現代社會很少獨自面對死亡，而且透過假想隨時可以和任何人取得聯絡，所以或許已經承受不了「當下這一瞬間」、「就在眼前」的強大衝擊。

或許刻意不去深思，輕忽了它的分量。

◎小魚腥草

有書相伴

那家醫院，專門收容因意外事故造成大腦損傷的年輕人，是一所復健醫院。

來到病房的家長們，把我和我兒子當成稀世珍寶，像在看待舉世最美的事物般投來溫柔的眼神。

不是嫉妒，也不是羨慕。

感覺像在對我們說：

要珍惜現在的時間喔。

要心懷感恩度過現在的幸福時光喔。

想必也有吵架或相看兩厭的時候。但，能夠這樣也是件很美好的事喔。

他們用那種彷彿凝望遠方美麗海洋的眼神，用那種彷彿乘坐時光機回到過去看著昔日自己的眼神，看著我們母子。

他們永遠失去的，我們大量擁有。

可惜無法分享給他們。

而且他們絕對沒有「你們應該也來嘗嘗我們這種滋味」的念頭。
他們只想著：請你們一定要繼續幸福下去喔。
他們溫柔的眼神，我全都看懂了。

候診室的對話全都讓人悲傷。
「我都已經有不祥的預感說我不想走了，可是那是急診醫院所以被趕回來了，我一再強調我兒子的情況不對勁，但是他們說會好好盯著機器。
可是他還是停止心跳了，在半夜，而且是兩次。
因此造成大腦缺氧，本來就受損的腦部再次受創。
如果能生氣的話我當然想生氣，但是我就算控告他們，也不可能讓那孩子恢復健康了。」
淡然的聲音如此敘述。
我懂，我知道自己現在很幸福。
我清楚得無法用言語形容。

所以拜託，請不要再用那麼哀愁的眼神看我們。

我如坐針氈，如此暗想。

之後我埋頭胡亂閱讀手邊的《刺殺騎士團長》[48]。

忽然彷彿有一群夥伴陪伴身邊，咻地把我帶去小田原。

整個身體，都被主角（雖然主角好像處境艱難）的生命力拽過去。

這是我的人生。我沒有任何錯，不必感到愧疚。

而且如果可以，我期盼這個醫院的年輕人，以及深愛他們的家人，都能稍微得到幸福。我只能這麼祈求。書本難以言喻的強大力量傳達給我，讓我冷靜下來，得以昂首抬頭。

「這裡沒有世間的痛苦與貧窮，主角的經濟狀況優渥，總是豔遇不斷，可真是好命啊。」

記得曾在哪看過這樣的讀後感，甚至算不上書評。像這種人，把哈利波特看成日常生活。絕對不會想「這是幻想吧，如果沒有魔術才華根本不可能去那種學校，可真是好命啊」。

我坐在那張不舒服的沙發上，感受著身旁兒子的溫暖，當我對兒子發話時，他會冷淡地點點頭，為此我感激神明幾乎想哭，同時，想必會一輩子伴隨感激想起村上春樹先生是如何把我帶去小田原山中那個安靜內省的冥想世界，讓我在他的世界苦惱，畏怯，卻仍遵循自己的信念努力活下去。

那就是故事的力量。書的力量。

忘記現實，專注投入，被帶進某個世界，變得有點快樂。不是逃避，就像去見朋友，遨遊其中。

我深感小說的力量，對於自己能夠和村上春樹先生從事同樣的工作（雖然我只是小咖）備感光榮。

能夠從事這一行，真是太好了。

京都蔦屋「ROHM Theatre Kyoto」（京都會館）附近的景色

能夠在這種時候拯救人們，書本果然是陪伴我們直到地獄底層的好友。

◎不思芭娜

活在當下的女子，真由美

外村真由美[49*]小姐是住在京都的馬賽克專家，她繪畫，創作拼貼畫，也製作版畫。

她的作品風格一貫大膽，乍看蕪雜，但把她的作品掛在家中後，卻漸漸感受到力量。

她是道地的藝術家，在我認識的無數藝術家中是最不會算計的人。雖然家世良好，卻壓根不想利用這個優勢。

她什麼車都能立刻駕駛，也會木工。

關於她的小故事很多，但每一樁都太驚人，甚至狂野生猛得無法描述。

畢竟，我第一次見到她時，她就像羅密歐與茱麗葉一樣，從飯店的庭院猛然爬上我位於二樓的房間……

「欸～真由美，京都有沒有不錯的 Airbnb？或者在世界的某處有這樣的住宿設施嗎？」

我抱著很輕鬆的心態隨口問起。

當時真由美正開車送我去京都車站，再過幾分鐘我們就要分開了。她的愛犬坐在我膝上眺望窗外。暖洋洋的，令人昏昏欲睡。

「有啊，上次我在亞利桑那住過很特別的地方。那叫什麼來著的……是美國原住民的房子。」

「Tipi（帳篷）？」

「不，好像不是這個名字，我晚點再傳照片給妳。本來只是碰運氣去住住看，沒想到那家超好。」

聽著她的敘述，我清醒了。

而她事後寄來的照片就是這個（見附圖）！

我問的不是這麼酷的地方！那只是普通的閒聊！

臨別之際還能扯出這麼誇張的事，果然對她甘拜下風。

附帶一提，這家旅館（Tipi 是帳篷，像這家旅館這種用土建造的房子則叫做 Hogan。屋內非常寬敞，據說可以住四個人）是一位獨居的單身大叔經營，洗澡和上廁所好像得去大叔住的主屋借用。

「景色很美，能夠住在這麼特別的地方真是太好了！如果妳去亞利桑那的話一定要去住！」

她在寄來的照片旁還如此補充。

我絕對沒辦法!!!

但是，我很尊敬她那種狂野！

48 《刺殺騎士團長》：村上春樹的小說，故事舞臺在小田原。

49 ＊外村真由美：藝術家，「Marmosaico」負責人。http://www.marmosaico.com/

真由美與 Hogan！

和真由美合照於惠文社小舞的展覽會場

全書攝影：吉本芭娜娜
全書作者照片攝影：井野愛實、田畑浩良

藍小說 840

不是看手機的時候——小魚腥草和不思芭娜

作　　者—吉本芭娜娜
譯　　者—劉子倩
封面插畫—葉懿瑩
封面設計—白日設計
編　　輯—張瑋庭
企劃經理—何靜婷
內文排版—極翔企業有限公司

副總編輯—嘉世強
董 事 長—趙政岷
出 版 者—時報文化出版企業股份有限公司
10803台北市和平西路三段二四〇號三樓
發行專線—（〇二）二三〇六—六八四二
讀者服務專線—〇八〇〇—二三一—七〇五
（〇二）二三〇四—七一〇三
讀者服務傳真—（〇二）二三〇四—六八五八
郵撥—一九三四四七二四時報文化出版公司
信箱—台北郵政七九～九九信箱
時報悅讀網—http://www.readingtimes.com.tw
電子郵件信箱—liter@readingtimes.com.tw
法律顧問—理律法律事務所　陳長文律師、李念祖律師
印　　刷—勁達印刷有限公司
初版一刷—二〇一九年七月十九日
定　　價—新台幣三三〇元
（缺頁或破損的書，請寄回更換）

時報文化出版公司成立於一九七五年，
並於一九九九年股票上櫃公開發行，於二〇〇八年脫離中時集團非屬旺中，
以「尊重智慧與創意的文化事業」為信念。

不是看手機的時候——小魚腥草和不思芭娜 / 吉本芭娜娜著；劉子倩譯 . – 初版 . – 臺北市：時報文化, 2019.7
面；　公分 . –（藍小說；840）
譯自：忘れたふり どくだみちゃんとふしばな 2
ISBN 978-957-13-7872-5

861.67　　108010670

ISBN 978-957-13-7872-5
Printed in Taiwan